格致文库

梦里家山

林鹏 著

山西出版传媒集团
北岳文艺出版社
·太原·

图书在版编目（CIP）数据

梦里家山 / 林鹏著 . — 太原 : 北岳文艺出版社，
2020.8
（格致文库）
ISBN 978-7-5378-6244-8

Ⅰ. ①梦… Ⅱ. ①林… Ⅲ. ①散文集－中国－当代
Ⅳ. ① I267

中国版本图书馆 CIP 数据核字（2020）第 131327 号

书　　名：梦里家山
著　　者：林　鹏
责任编辑：关志英
装帧设计：鸿儒文轩

出版发行：山西出版传媒集团·北岳文艺出版社
地　　址：山西省太原市并州南路 57 号
邮　　编：030012
电　　话：0351-5628696（发行部）
　　　　　0351-5628688（总编室）
网　　址：http://www.bywy.com
E - mail：bywycbs@163.com
经 销 商：新华书店
印刷装订：山西万佳印业有限公司

开　　本：787mm×1092mm　1/32
字　　数：84 千字
印　　张：5
版　　次：2020 年 8 月第 2 版
印　　次：2020 年 8 月山西第 1 次印刷
书　　号：ISBN 978-7-5378-6244-8
定　　价：48.00 元

目录

梦里家山 林鹏

1	童蒙忆零
9	南管头人
15	马义之的文昭关
26	"金包公"传说
34	涿州行
38	傅山与交山义军
49	傅山的时代及其风格
60	紫塞雁门
65	狂草狂言
75	艰难与独特
	——回忆王莹
82	荷花的品格

88	回忆李玉滋
94	纪念王朝瑞
97	秦始皇论
102	《咸阳宫》新版后记
105	窦大夫祠观感
110	战壕里的民谣
113	回忆樊金堂
123	蒙斋遐想录

童蒙忆零

一

南管头村北头我们张家的老宅，现在还在。我父亲弟兄三人，父亲是老大。老宅前后两个小院，分给了二叔和三叔。我们分了一个场院。在这个场院里，我们家极不顺利，我的一个小弟弟和我母亲在这里相继去世。有人说这宅子不吉利，我父亲一怒之下就把它卖了。卖给了同姓的一个叔叔，张海子叔叔。

前几年，有一次，我和我弟弟林鸿到老宅子去看了看。我们兄弟二人就出生在那小南房里，现在已经拆了。我弟弟林鸿没说什么，我也没说什么，心中却有许多感触。

正房是两屋，破破烂烂，因为被日本鬼子烧过，后来几次翻盖，型制甚至尺寸，早已经不是原来的样子了，但是屋前那个台阶还在。从前是一个五级的台阶，我很小的时候，大约两三岁吧，我在这台阶上玩，玩着玩着就滚下去了，一直滚到院里。我坐在地上向上一看，看见正在烧火做饭的母亲，正在望着我笑。我想哭，可是看见母亲亲切的笑容，我就不哭了。这是我平生的第一个记忆。这记忆是如此牢固，致使我长大后每次看见这个台阶总是想起我一滚到底和母亲的笑容。这个笑容是如此难忘，可以说铭记心中。

1952年7月，在朝鲜开城前线，平白无故忽然给了我一个处分，一撸到底，成了新战士。"三反"运动中说我是"思想老虎"，这本身就非常荒唐，周围同志们都非常惊讶。后来处分下来，同志们更是惊讶无限了，明摆着这是欺侮人。我想去上级部门告他去。于谦是我的好朋友，他再三劝我，我打消了告状的念头。

一天夜里，我忽然梦见了我母亲的笑容，这一下子就把我惊醒了。我的母亲去世已经十个年头，这熟悉的笑容出现在梦中，给我震动不小。这是天命吗？是天意吗？是母亲的在天之灵正在昭示着我什么吗？或者这仅仅是我的灵感吗？我不迷信，但是，这是事实。我想，看来于谦是对的，老老实实忍受吧。我们乡间有句俗话："只有享不了的福，没有受不了的罪。"我想我能熬过去。

也就是在这个时间，我接到了一封没有署名的信，信中安慰我，希望我沉住气，渡过难关，眼光放远点，等等。话说得非常好，我很感动。这是一个姑娘，某师的宣传队员写给我的。她知道我会猜到，所以她不署名。后来我给她回了信，也没有署名。我不署名，是因为我背着一个处分，再来个"非法恋爱"，那可受不了。这就是我后来的妻子，她叫李忠葆。她是合肥李氏，论起来是李鸿章的侄孙女。

在通信以前，我们曾经见过面。老耿领着她和谢江来看我，老耿说："老林，把你的糖拿出来招待客人吧。"那天吃的糖叫"小人酥"。我们后来结婚，李忠葆给我生了二儿一女共三个孩子。我有一次开玩笑说："你还记得在开城前线，你和谢江来看我，吃我的'小人酥'，你吃了几块？"她说："不记得。"我说："你吃了三块，所以后来给我生了三个孩子。"她惊奇地说："是吗？这是真的吗？"我极力说明这是真的，她认为这大概就是天命吧。其实这所谓天命是我瞎编的。我拿出糖来请人吃，同坐的好几个人，我不可能数着某人吃了几块。但是，我的妻子还是相信了，"这是天命啊！"

因为收到她第一封信，和我梦见母亲的笑容，差不多在一个时间段里。这个地点，我记得清楚，开城北边一个名叫马蹄洞的小山沟里。有一天，心绪烦乱，不能入睡，我就起来，站在防空洞前，望着东方鱼肚白的天空中，渐渐地泛起朝霞的火红的颜色。不知为什么,我看到那非常好看的朝霞颜色的时候,我突然落下泪来。也许我忽然想起了老宅子房前的那个我曾滚落下来的台阶吧,难忘的那个台阶哟,还有母亲的笑容……

二

难忘的事情,还有很多。

我的曾祖父名张旭,号张老化。我没有见过他的面。我小时候,我的曾祖母,我们叫老太太,还在世。她是一个满脸皱纹满头白发乱蓬蓬的老太太,我有点怕见她。她晚年就住在上房(西屋)的北里间。到了晚上,她要吃一个柿子,我奶奶就叫着我的小名,给老太太端一个柿子去。我就用一个小瓷碟子,里面放一个柿子,给老太太端进去。天黑了,奶奶就让我去给老太太点灯。我就用一根麻秆在灶膛里就火点着,想进去把老太太窗台上的油灯点着,当时的我大概也就是五岁吧,记不清了。我想,老太太的油灯就放在窗台上,我见窗户上有破的地方,心想,我从外面顺窗户的破洞,把点着的麻秆伸进去,就可以点燃里面的油灯,谁知油灯没点着,我把窗户点着了,火苗忽地升上房顶……

这时候,我奶奶、我娘、我二婶子正在外间靠南边的大炕上说闲话，看见起火了，她们三个一齐扑过来，急忙从水瓮里面舀水泼灭了窗户上的火。火被扑灭以后，我奶奶吓坏了，浑身在打哆嗦，我娘要打我，我奶奶不让，说："还小呢!"

这是我平生第二个记忆。这件事情，差点没有把房子烧掉了，对我的印象太深了，令我毕生难忘。这是我平生干的第一件蠢事。长大以后，也经常干些蠢事，每次都是让我想起这件隔窗点灯的事情。它成了我心中的一个典故，一个我自己的典故。

三

我小时候，不知为什么，总是爱头痛。有一天，奶奶备好我家的小毛驴，她骑在驴背上，让我骑在驴屁股上，嘚嘚嘚，往北走，过了北管头，就是画猫儿（地名），然后就到了河水拐弯处的只有一家人的一个小庄子。这地方叫姑嬷峪。姑嬷峪这家人家姓石，老汉叫石老英，是远近闻名的厨师。十里八乡谁家有红白喜事，就请他去，大勺碰小勺，叮当一响，这就成了个席面。

我们去这天，石老汉不在家，家中只有他老伴儿。他老伴儿仿佛跟我奶奶很是熟识，她们说道了一阵子。那老婆婆就领着我们顺着那西沟往山上爬，爬了好一阵子，我都累了。在山坡的右手，看见一个小山洞。那老婆婆就蹲下身去往里面爬，我奶奶和我也就跟着她往里爬。这就爬进了一个小山洞。那老婆婆划根火柴，点着了一个小油灯。这时我看见这山洞几乎就像一个小团标房子一样，一旁有一个石台，上面放着那小小的油灯，灯旁边有一个小香炉，香炉后面什么也没有。既没有神像，也没有什么牌位之类。这时我看见那老婆婆点着三炷香，恭恭敬敬把香插在那小香炉里。她口中念念有词，听不清说的什么，然后她磕头，我奶奶和我也跟着磕头。磕完头，又跪着听她祷告。过了一阵，那老婆婆把一点点香灰什么的，用一小块黄表纸包起来，郑重地交给我奶奶，之后又磕头，磕完头就退出那个小山洞。然后下山，骑上毛驴回家。回到家我奶奶用一碗凉水，把那香灰一冲，让我喝下肚里。不知为什么，我的头痛就真的好了。

没想到从山洞里讨来的仙药竟然会这么灵。我问我奶奶："那是什么洞？"

"狐仙洞。"她毫不经意地说着。

后来，每次提起这件事，我极力回想，那年我可能是十岁，或者说十岁左右。我仔细地推算过，1939年阴历五月发大水，这年的秋天我们家分家。这事情是在发大水后，在分家之前。这么算下来，我那年是十一岁，虚岁十二岁。过了两年，1940

年大扫荡，我生了一场病。1941年夏天，病好后，我去高小上学。易县全县有两个公费生，我是一个。因为边区精兵简政，公费生取消了。我因为交不起伙食费，高小不能上了，我哭了。那时的高小校长姓刘，对我说："不要哭，有办法，你到三中去吧。"我说："行。"当时的高小在裴庄，而晋察冀边区第三革命中学在岭东，相距三里路。刘校长亲自领我去三中。好像刘校长跟三中的教师们很熟，也经过一个简单的考试，我就进了三中的第三大队，是学生中年龄最小的一个队。

第二年，1942年秋天，我奶奶去世。又一年，1943年，我母亲去世，不久我祖父去世。这正是边区最困难的时候，我家有三个老人去世，我们家就算败落了。

后来就是艰难的抗日战争和残酷的解放战争……新中国成立的第二年立即又开始了朝鲜战争，可以说战争不断。

1952年7月，在朝鲜前线无缘无故给了我一个处分，我开始头疼，这回是偏头疼，疼得很厉害。那时候前线连个止痛片也没有，就这么忍着。我想，这是在异国他乡，若是在老家，说不定我就要到那个狐仙洞去求药去了。这种想法非常强烈，所以忘不了。后来，大约在20世纪80年代，我回到老家，同我父亲、我二弟和侄子们闲谈时，说到这个狐仙洞，他们都说，那地方没有洞……

"没听说过……不可能。"他们都这么说。

我极力辩解着,我去过……他们只是笑。

确实有个狐仙洞,无奈他们硬不信。我要求我的侄子们陪着我去那山上拜访那小小的狐仙洞,他们笑着说:"甭去。我们从小在那一带山上砍柴火,从来没听说有什么狐仙洞……哈哈……"

没有办法了。我散步时,常常去羊栏山的路口。有一次,我决心上去,到羊栏山后的叫做老车沟的东山去,我的狐仙洞就在那一带,我能找到它。爬了一阵,山很陡峭,没有路,我一个人有点害怕,就返回来了。我坚信那个狐仙洞是真实存在的。至于所谓狐仙,有人说有,有人说没有,我倒希望它有。

如果真有狐仙这东西,它应该还记得从前那个爱头疼的小男孩吧!

2003年7月9日于南管头

南管头人

我出生在狼牙山镇南管头村北头，张姓。

南管头地处五回岭古道之上，《水经注》中多次提到五回岭古道。有文字记载的，《史记》，秦始皇十八年（前229年）攻邯郸灭赵，赵公子嘉自立为代王。代在蔚县。到二十四年（前223年），代王嘉联合燕国抗秦，他就是走的五回岭古道进入燕国。他的军队在画猫儿这个地方，与秦将王翦遭遇发生激战。于是这一段河水就有了一个独特的名字，叫"乱营河"。这段河在南管头北边一里地。赵王嘉在这里战死，他就被葬在他战死的地方，后人称"王子坟"。王子也，不是国王的儿子，只是有点贬称的国王而已。（详见寿鹏飞编著《易县志稿》）

南管头在狼牙山南，山南向阳，民性刚，山北向阴，民性柔。以恒山山脉东端而论，战国末，山南出了荆轲和高渐离，山北出了个王次仲。王次仲是创造隶书书法的人，也是反秦的英雄。南管头人老实，在村里，人们喜欢钩心斗角，出了村，却是老实疙瘩。南管头抗日战争期间参加革命的老同志，都非常老实正派，对革命忠心耿耿。张庆源、李德明、李登隆、李登经……

南管头没有出过举人、秀才之类。从前在科举时代，有人中了举要在大门前立个旗杆。在我们那一带山村里，没有一杆旗杆，可见没出过举人。没有举人那就谈不上进士了，所以南管头没有出过封建官僚。村里倒有贫富之分。说到贫富之分，大概上古就有。古书上说："象曰：……牛羊父母，仓廪父母，干戈朕，琴朕，弤朕；二嫂使治朕栖。"(《孟子》)可见是有富有贫，有私有财产的。

南管头在土地改革中（1947年）出了一家地主和几家富农，不过这种地主富农，不同于山外良田千亩雇工数十的地主富农，充其量不过就是几十亩地，十来间房，两个长工，相比之下生活比较好过一些罢了。从太行山到吕梁山，在这一片广大的山间村落，这种吃糠咽菜的地主富农多得很。正是他们，苦巴苦业地供自己的子弟们出外求学，当然都是洋学堂。正是这些洋学生们发动并领导了国民革命和共产革命。

南管头在抗日战争中，出了一位有名的烈士，他叫李君玉，易县至今有一个村子以他的大名命名"君玉村"，在紫荆关附近。这位英雄出生在南管头的一家地主家里。烈士的遗孀和一个女儿,土改以后,头上顶着地主婆和地主子女的帽子,受了不少窝囊气。阶级斗争嘛,能有什么办法?李君玉的一个战友姓杜,后来做了保定地委书记,经他三令五申,"文革"前才给李君玉的遗孀摘了地主分子的帽子,种种往事,说来话长,一言难尽。

改革开放以后,村里的有识之士就商量着给李君玉立个碑。李和平大声疾呼:"这是拨乱反正的大事!"虽有张林鸿、李和平、李庆宇等人的呼吁,二十年不见动静。没有人明确反对,可是就是干不成。"文革"的"以阶级斗争为纲"的包袱,压得人们喘不过气来。近几年,人们的生活好了,村里是一派兴旺的景象,领导班子也是一换再换,村民看到这件事应该办了。村支部和村委会决定要办此事,新支书李占军上台,毅然决然着手办理。他请我写碑文,我的碑文是这样写的:

民族英雄纪念碑

抗战先烈李君玉(原名德润)乃南管头乡绅李凤阁之子,李德鑫之弟也。君玉生于一九一五年,一九三二年出外求学,加入中国共产党。抗战军兴,奔赴前线，一九三九年任龙华县抗日政府民政科科长，为开辟敌后抗日根据地做出诸多贡献。一九四二年三月六日与日本鬼子遭遇，在激战中壮烈牺牲，时年二十八岁。边区政府为表彰君玉的功绩，决定命名其牺牲地为君玉村（现在紫荆关附近）永为纪念。此乃南管头之光荣也。

当此纪念抗战胜利六十周年之际，南管头村民特建此碑，并邀请张林鹏撰写碑文，用为缅怀先烈，激励后人。

公元二〇〇五年八月十五日 日本投降日立石

碑料用满城的青台，并请保定高手汪双喜镌刻。狼牙山镇党委非常支持此举，党委出钱建了一个漂亮的碑亭，碑亭就建在南管头后坡高处。南管头的老革命、李君玉的堂弟、黑龙江省文化厅厅长利化（原名李德明）题写楹联，文曰："天地有情留正气，江山无恙慰忠魂。"利化是著名的书法家，曾经任黑龙江省书协主席。这副楹联写得非常优美，为碑亭增色多多。

揭幕式上来了很多人，县委宣传部部长讲了话，镇党委书记讲了话，最后欢迎我说两句，下面就是我的即兴发言：

我是南管头人，并且曾经是狼牙山的小八路。今天南管头为李君玉立个民族英雄纪念碑，这是大好事，我躬奉盛事，倍感欣慰。

　　我们面前站着一个强大的日本，所以我们永远不要忘记抗日战争。六十年前的抗日战争，是一场真正的人民战争，并且是全世界人民反法西斯战争的一部分。这就是第二次世界大战。二战的胜利，奠定了持久的和平。在这一个时期，人类各方面都得到了飞速的发展。这一发展变化使全人类进入了一个全新的时代。过去的一切都过去了，阶级斗争结束了，革命运动结束了，它们永远地结束了。这就是建立李君玉民族英雄纪念碑的伟大历史意义。这件事情非常伟大，这要谢谢狼牙山，谢谢南管头，谢谢大家。

我以我是狼牙山镇南管头村的人，又是李君玉的本村乡亲而倍感自豪。此前我有一首小诗，一并抄在这里：

　　儿时戏耍地，
　　山顶有棋盘。

老来一张望,

辛酸不可言。

2007年11月25日于太原

马义之的文昭关

著名音乐家唐诃是我的老乡,他是易县梁格庄人。前些年通过苏友林认识了唐诃,他给我的印象非常好,才华横溢,平易近人,而且爱好书法。他的字很好,雅致大方。他的书法作品,比如写"朝辞白帝彩云间",他在字的旁边附上工尺谱,非常别致,人称"音乐书法家"。前几年他出版了自己的回忆录性质的散文集,给我寄来一本,我都仔细看了。我最感激动的是,文中提到我的一位老战友马义之。唐诃说,马义之是个音乐天才,凡有眼的就会吹,有弦的就会拉。他并且说,是马义之教会他吹笙和工尺谱等等,这一切不禁勾起我很多的回忆。

唐诃和马义之相处的时间,在1938年和1939年这个时间段。我同马义之相处的时间要晚得多,在1946年以后的一段时间。

1946年4月初,我被任命为晋察冀野战军第十七团政治处通讯干事。当时六旅部驻在柴沟堡,十七团驻在洗马林。我是在4月7日到达洗马林,因为有个"四八烈士",到了洗马林就张罗开追悼会,所以这个日子记得清。当时十七团的政委是刘克宽,政治部主任王栋,张学义是组织干事,马义之是教育干事。马义之比我大得多,差不多有十来岁,他把我当小弟弟看待,凡事都帮助我,照顾我。他对我是无话不谈。他曾对我说:"我第一次结婚是抗战开始的那年,后来我参军走了,我媳妇想我,生生地想死了。"说着伤心至极。

马义之是徐水人,家中颇有田产,算个不大不小的财主。马义之年轻时长得俊俏,又会唱戏,唱旦角,梆子腔,嗓音特别洪亮,唱《大登殿》,人称"一口儿红"。邻村的一个财主家的女儿看上了他。据媒婆说,得了"相思病",已经是奄奄一息了。后来一打听,是好人家的女儿,模样儿也好,又念过几天书,两家大人都同意,就定了亲,不久就成亲了。小两口儿新婚燕尔,如胶似漆不必多说。不久可怕的事情发生了,这就是"卢沟桥事变"。马义之为了打日本,毅然决然参军走了。马义之是越走越远,一走三年。他美丽的妻子的病体,一天比一天沉重,不到三年香消梦断,呜呼哀哉……死后一年,马义之请假回来看望他妻子时,只能在她的坟上痛哭一场而已。

我喜欢发表一些没盐淡醋的空论,照我说,这马义之的第一任妻子(原谅我不知道她的姓名)也应该算一个革命烈士,她和前线战斗牺牲的烈士完全是一样的，她也是为抗战献出了自己的生命，难道不是吗？她一生中最最向往的，最想得到的，并且是已经得到的，就是她的爱情。她为了打日本，牺牲了自己的爱情，连同自己的生命。她不是烈士是什么？封建社会还知道为贞洁的女人立个牌坊，新社会谁想到要敬重这种富有牺牲精神的女人？读者诸君想到过吗？我的空论，猛一听很可笑，但是，这可不是我偶然头脑一热胡乱说的，这是我多年考虑的结果。马义之前妻的故事太感人了，它使我多年来，一而再，再而三地想起，简直是无法释怀，所以才写下这些空话，唯望读者谅之。

1946年5月初，我们部队出发，到察哈尔北部去剿匪。那所谓匪不过就是日伪留下的残部而已。9月初开拔，奔向集宁。这就开始了解放战争（当时叫自卫战争）的第一仗——集宁战役。马义之非常关心我、照顾我。他说，你没有战斗经验，打起来跟着我。他让我跟着他，可他一开始就把我弄丢了。

集宁战役是一次大会战，主要战场在集宁及其以西的广大山区。我们团的参谋们看错了地图，见电报上命令我部到凉城集结待命，我们就大踏步（一百多里地）奔向了凉城县，其实是指集宁西边的一个小村，凉城村。凉城县有个海子边，我们到达这海子边，命令来了，赶快往回走，是凉城村。我们往回赶时，敌人已经占领了凉城村。路上敌人的飞机不断侦察骚扰，一吹防空号，我们就找地方隐蔽起来。当时是秋后，庄稼没有了，只有一片一片的麻地。我一钻进麻地，倒地就睡着了。等我醒来，山野里一片寂静，把我吓坏了。我想，我睡着了没听见吹号，搞不好这回要当俘虏。越想越怕。这时已是下午，后来我看见东边敌机正在俯冲扫射，我想，八路军没有飞机，它扫射等于给我指明了方向，我就拼命往那里跑。到天黑下来时，我追上了我们那个部队。找到马义之，说明情况，他笑了，他说，我也经过这，今天算你补了一课。这时前面枪声大作，传下来，"往后传，上刺刀!"我没再多想，战斗就这么开始了。

关于集宁战役，有许多事情要说、要写，那是一次会战，并且是一次混战。敌人包围我们，我们又包围敌人，里三层外三层，打成一锅粥。旧历八月十五，下了大雪，又刮着大风，人称"白毛旋风"，我们穿着单衣，真过瘾。马义之喊着："林鹏，真败火!"张学义笑着说："把一辈子的火气都败光了。"我和马义之一起救护伤员，把他们抬到绑扎所去，给他们包扎好伤口，后来又把他们丢掉。整个部队的运动，就像天上的浮云，水中的浪花，一会儿东，一会儿西，就像"白毛旋风"。

我们的对手是傅作义，他们的援兵不断增加，打了二十天，我们撤出战场。我们是向北突围，从八苏木过铁路，向北一直走到一个蒙古人的村落,后来向西走,向南,三天后又从红沙坝过铁路,向东急行军,过隆盛庄,向兴和奔。

突围前,发给我们政治处每人一支步枪,给了我一支德国老套筒,十五发子弹。过了隆盛庄,夜间行军中,我才想起我的步枪里顶着一颗子弹,无论如何退不出来。马义之说:"你既然顶上子弹,为什么不放掉它?"我说:"夜间突围,我没有看见敌人,我朝谁放?"大家都笑了。张学义帮我扳枪栓,先得把枪栓扳正,才能向后退。张学义也扳不起来。主任王栋说:"我有办法。"他把步枪放在地上,用一块石头往下砸,砸了几下,还是不行,他说:"把它交军械处吧。"马义之对我说:"交军械处最好,省得你扛着它了。"

马义之有各种生活上的小办法。他教给我,晚上睡觉时,把双脚垫得高高的,让血向心脏流,脚上的泡不痛,消除疲劳也快。这个办法很有效。许多年以后,着了急我就用这办法。

集宁战役以后,我们往东开,参加怀来战役。据说陈诚到了康庄,我们同他顶牛。怀来战役也是一场大战。我们在怀来南部的大山中,翻过来,翻过去,战斗异常激烈不必说,一个饿,一个渴,实在难熬。饿了,只是走不动路,不至于死人。渴不一样,渴是会渴死人的。怀来南山里有个村名叫花庄,花庄村头有一口井。我听说前面有井,就跑了一段,赶上去喝水。

马义之喊我："林鹏，你别喝了，我给数着呢，你已经喝了十四碗啦，先等等再喝。"这里说的碗，是行军带的那种小搪瓷碗，容量不大。说着部队上来了，把我挤开，别说再喝，看也看不见了。后来，我们和张学义、马义之一起，喝过镇边城村外臭水坑里黑色的臭水。这些故事，许多年以后，我们见面谈起来津津乐道，不以为耻，反以为荣。

有一件事情，虽不大，我却以为应该郑重地记载下来。

现在从北京往西看，门头沟，斋堂再往西，那一片大山就是叫做野三坡的那一大块地方，也就是抗日战争时期萧克所领导的所谓平西分区的那个山区，是一个广大的山区。北面，桃花堡、凡山堡以南的就是有名的小五台山，再往南，金水口、大河南，以至单翅岭、板城等等地方，在历史上都是颇有名的地方。我们部队在解放战争中，曾经多次从这里越过，多半都是急行军，而且是夜间行军。之所以是夜间行军，不是因为有敌情，只是为防止敌人的空中侦察。

有一次行军中，向导跑了，部队只好停下，派人去找个向导。在月色蒙蒙之下，山间小路上，躺的坐的都是战士。有人说："蒙蒙月色之下，要有人吹个箫，就有意思了。"有人答话道："张良会吹箫，今天他没来。"引得人们哈哈笑着。宣传队里有人背着个胡琴，就有战士说："给咱们拉一段吧，欢迎啦!"

那背着胡琴的宣传员，自认为技术不怎么样，便把胡琴双手捧给了马义之，说："马干事，您给拉一段吧，让我也学一学。"马义之接胡琴在手，说："行吗？好吧。"

我记得他拉的是《霸王别姬》中舞剑那一段的插曲，曲名好像记得是叫《夜深沉》。那胡琴的声音真叫响亮，真叫脆生。曲子也非常的低回婉转、跌宕有致。你能想象到虞姬那悲壮的深情的剑舞。人们都沉醉了。整个山野，蒙蒙月色，月色蒙蒙，也都沉醉在宁静之中，仿佛都在静静地欣赏着，又仿佛都睡着了。

有战士低声喊着："好，真好，真绝！"

等曲子一终结，战士们一片叫好。

这时候刘克宽政委说了话："谁在拉胡琴？"警卫员喊道："二〇二问，谁在拉胡琴？"马义之站起来说："报告，是我。"政委说："夜间行军，应该肃静。"马义之说："是，我错了。"政委说："以后注意！"马义之又说："是。我一定注意。"

战士们会说俏皮话："他非等着曲子拉完了，才发话责问。"又有人说："我猜是他也爱听。""好一个政委哟！"

我就在跟前，在马义之跟前，距离刘政委也不远，不出十步。我的感受最深了。我们部队人才济济，有马义之这样的天才，真是幸运极了。我能亲聆他的琴声，也是我的幸运。而且这蒙蒙月色，月色蒙蒙，令我终生难忘。

后来我调到十二团去当宣传干事，离开张学义、马义之他们，我非常难过。再后来，我又调到师宣传科当干事，后来又调到军报社当编辑、当记者……以后就是转业到山西省人事局任秘书干事……总之再没见到马义之。听说马义之也转业了，在大同市文化局当局长。

1958年冬天，有一天，老战友王奂告诉我说，马义之来了，在省文化局。我赶紧跑去看他，见他满头白发，忙问："怎么这么快头发都白了？怎么回事？"

他告诉我下面这段故事。

马义之是个漂亮人物，面皮白嫩，头发黑，眼睛亮，聪明绝顶，善于言谈，善于歌唱，而且善于各种乐器。他是一个真正的才子。我们离别以后，他被提拔当营教导员，不久又当团政治处主任和团副政委。待到全国解放那年，他已经是团政委了。上级派他跟随张迺耕到绥远省（在今内蒙古自治区中部）去接受并改编傅作义的部队。马义之到傅作义的某团担任团政委。

他们不能多带人，只准带通讯员和警卫员，各连各营都派了政工干部，也是只准带通讯员和警卫员。马义之给他们规定了一个暗号，有情况就在电话中说这个暗号。一天晚上，他突然接到一个电话,电话中说了这个暗号之后就再没有声音了。他知道出事了。

马义之立即找来敌军的团长,问他:"你们想干什么,你们有行动,要暴动,是不是?"那团长极力解释:"下边出了什么事,我不知道,真的不知道。"马义之说:"听我的命令,立即集合部队,立刻出发,向大部队靠拢。"团长下令以后,只集合来一个营,加上团部,不足五百人。马义之命令立即出发。那是1949年秋天,那天下着小雨,走了不到二十里,另外两个营就追上来,包围了他们。他们占据了一个小村庄。

这时候,马义之立即下了团部全体军官的枪。马义之用手枪对着那团长,说:"听我的命令,你在屋里,参谋人员在窗外,你立刻下令,构筑工事,死守,待援!"

那团长态度也算可以,他极力解释:"我的这支部队原本就是杂牌军,大多数都是土匪出身,他们受不了解放军的严格纪律,想上山去,还过土匪生活。我同他们不一样,马政委,我不一样,你相信我,我是个知识分子,我一直在北京上学,因为一个拐弯亲戚关系,让我当了团长。我懂得全国的形势,国民党完了,我赞成傅作义总司令和平起义的决策,他的决策很英明,老百姓们都赞成,我怎么能干出这种土匪行径呢?你放心,我一定服从你。等事情平定以后,你去调查,这事儿如果同我有一丝一毫的关系,你亲手枪毙我。怎么样,你放心吧……"

战斗虽然不很激烈,但不分昼夜地进行着,天一直下着小雨。

马义之派出的骑兵通讯员,有一个踩着马镫,抱着马脖子,趁着夜色冲出去了。三天后,当时的师政委庞殿贤(他后来转业做山西省轻工业厅的副厅长,是我的顶头上司)带着大部队到达出事地点,他命令暴乱的两个营全部缴械,排以上干部全部逮捕,交军法处审判。这时候,马义之才知道,派到那两个营的政工干部和通讯员们已经全部被害。他们都是马义之的老战友,马义之难过至极。

他告诉我说:"这时,我洗了把脸,一照镜子,吓了我一大跳,头发变白了。人家说,伍子胥过昭关,发愁,一夜之间,须发皆白。我不是一夜,我是三天三夜,头发全白,连一根黑的也没有。神了,神了,都说伍子胥的故事是神话,我这不是神话,我这是现实。"

我们在一起,欷歔不已。

1973年春天,当时我做干部工作,我到大同去研究调下放干部的事情。一天,我到大同市文化局去看望马义之,他一见到我就紧紧地抱住我,说:"林鹏呵,我真想你呀!"

后来，大约是 1990 年前后，马义之去世了。隔了好几年才告诉我，说是怕我难过，隔了几年我就不难过了吗？写到这里我依然是老泪纵横，一说到过去，就是泪流满面，这是老年人的毛病，没法子。

历史过去了，就像江中的流水，一去不返了。

2011 年 3 月于太原

"金包公"传说

1958年我转业到山西省人事局工作,因工作之故自然经常在东西两大院走走。一天,朋友告诉我,看见了吗,那人就是人们传说的"金包公",那家伙,为人刚直不阿,法眼如炬。我看见一位忠厚长者,外貌像个朴实的农民,从我们眼前走过去……我的朋友又说,三十年前的老党员、省委监察委书记,人称"金包公"。后来他又补充道,我们党内人才济济,好样的都到共产党内来了。我想到,"济济多士,文王以宁"这句古话。他又说,只是有些人不得志,吃不开……我说,为什么,他说,不知道。

这话说过不久,1959年下半年,庐山会议后,开始反"右倾",头一个就是批判这"金包公"。批判大会我参加了。这姓金的在台上站着,我在台下听着那些批判发言,大多只是政治口号,没有什么事实。后来有一个人发言,说到一些事实,姓金的不断插话。他的意思其实很简单,我只管是谁犯了法,我不管他是什么阶级出身。他的插话，声音很洪亮，谁知又引起与会者的反感，有人呼口号，批判金某人态度不端正。我当时想，古代曾经有过"成汤祝网"的故事，夏桀设四面之网，成汤改为一面之网。他说，高的低的，左的右的，我都不管，我只管犯法的人。我想，金某的主张直接继承成汤，我心中非常敬佩他。后来一想，我也是本单位的批判对象，看来我是真的有点"右倾"了。想到这里，有些心灰意冷的感觉。一个人总是处在逆境中，大概这是命吧。

就在开这些批判会的时候，已经开始饿死人了。这是后来才知道，当时不报道。第二年，1960年，城市公社化、食堂化，人人都知道什么叫饥饿，什么叫饥荒了。饿了三年，1962年七千人大会以后，开始了比较灵活的政策，准许农民有"自留地"，并且机关里也开始种地，自己生产粮食填饱自己的肚子。我们省人事局，在洪洞县找了（借了）几亩地，种了红薯。到秋天，我和几个同志就被派去洪洞起红薯。因为下连阴雨，不能下地劳动，却可以聊天，于是就聊起来。洪洞的同志就告诉我一件"金包公"的事情。

洪洞是个有名的县份，并且是革命老区，老干部甚多。有一个老干部，不便说出真实的姓名来，就叫张三吧。张三是河西人，后来在河东当区长，因为有了权力，有了地位，所以也就有了许多非分之想。他想换一个年轻漂亮些的老婆,他想和他的老婆离婚,三次打报告,县委不批。他后来出于无奈,在1953年的一天,就把自己的老婆连同他的四五岁的女儿,一起杀了。他做事非常缜密,当天晚上和同志们打扑克,打完睡下再起来,趁着月色,骑自行车四十里,回到自己家中,用手枪打死在床上睡着的老婆、孩子,又在院子里扔了一颗手榴弹,还在墙上写了"打倒共产党"的标语,然后骑自行车回到住所,睡在自己的床上。然后,天明同大家一齐起床(他单独住一间房),同大家一同洗脸、一同吃饭,一切都同平时一样。

消息传来,这张三痛哭失声,他哭得非常伤心,大家非常同情。

根据反动标语,定为"反革命报复"。张三在1947年土改中,曾经在本村领导土地改革,于是,就设想一定是本村的地主、富农分子们对张三家人的报复,于是就抓了好几个村中地富分子和地富子弟。其中有三个人,一个七十多岁,一个四十多岁,一个十几岁,都是富农成分。他们承认了杀害张三老婆和女儿的罪行。问他们用什么杀的,他们承认是宰羊刀杀的,并且交出了凶器,于是就定了案,三人一律判死刑。

死刑应该经省高院批准,不过,解放初期的县委县政府(县法院)就有杀人权。金某人是省委监察委书记,并且兼着省监察长。他接到报告感觉到此案处理甚为不妥。就带着好几个人来到了洪洞县。他一下火车，就看见火车站贴出了判处死刑的布告。他叫人赶快撕掉，他拿着布告进入县委，指责他们草菅人命。这才知道，公审大会正在广胜寺举行，他要求立刻派人去制止公审，把犯人押回县监狱来。派去的人骑着自行车，赶到公审大会会场，还算来得及时，公审判词已经念完，还没有枪毙。大会立即停止，犯人押回了县监狱。

洪洞是个大县，县委书记、县长们级别都比别的县高。他们虽然听了金某人的话，没有枪毙犯人，但是，心中不服，觉得丢了面子。当面顶撞金某人，要求他找出真凶，不然，他们的工作没法干了等等。全县的干部两眼盯着这姓金的，你说这三个人不是真凶，你就得把真凶找出来。要看金某人的好看了。

当时跟着金某人来到洪洞的干事中，就有一个是后来在大会上批判金某人的人。他明确表明自己的阶级立场，办案就是要讲阶级观点、阶级斗争、阶级路线，不能忘了这些。即使有些案情不是阶级斗争，但是阶级斗争的思想观点没有错。这是他后来的观点，当时他只觉得金某人太武断，下车伊始，一意孤行。他觉得金某人这回要丢人，除了县委领导催金某人尽快办案外，就是这位干事也在不停地催促金某人快些办案。金某人问他，怎么办？他说，至少也得先到现场看看吧。金某人说，不用。这人又说，总不能就这么在招待所里蹲着吧。金某人说，你们要听话，哪里也不要去，就在这招待所里待着。明天开始，每天找县里的随便什么干部来谈话。那干事问，谈什么？金某人说，谈什么都行，闲聊天……金某人说着笑了，跟他来的人都大惑不解。

这人要做了坏事，他总是放不下心来。这张三，从金某人一到，就心神不安，不上班了，来到县里住下，每天到金某人住的招待所小院大门外察看。看见金某人找人谈话，不断有人进去，过一阵出来，张三就上前去问，找你谈什么话，跟我说说。那人说，没说什么，都是闲话。张三一听坏了，他以为所有人都不肯对他说真话。眼前最要紧的就是阶级报复杀人案，怎么可能总是说闲话，心想坏了，他们都对我保密……

到了第八天，县委常委们，包括县委书记、县长、县监委书记、县法院院长一干人等，在县委书记的亲自带领下，来到了县招待所金某人住的那个小院。县委书记说：

"金书记，你说七天就够了，今天是第八天了，怎么样，您这案子该破得有眉目了吧？"

所有的人都认为，你金某人不出房门一步，你敢说你能破案？算了吧，我们已经准备好了，我们要到省委联名告你……

金某人说："有眉目了。你们都坐下吧，站着不好说话，别客气,都坐下。"然后他对与他同来的干事们说:"把这几天一直在门外站着的那个人叫进来吧。"

于是,张三被叫进来了。金某人对张三说:"张三,我是山西省委的监察委书记,山西省政府的监察长,这几位是跟我一同来的省检察院的干部,其他人你都认识,县里的领导全都在这儿了。你的罪行已经大白于天下,你只有一条路,老实交代。"

张三听完金某人的话,对着大家,扑通就跪下了,他说,"我有罪,我有罪,我承认,我承认,是我干的,全是我干的……"

当时全体洪洞县的领导干部一听,大惊失色,目瞪口呆,喘不上气来,支着耳朵听完张三的供词,那基本事实,同前述的情况一样,此处不再细说。

当天,张三进了监狱,那三个在押犯立即无罪释放。

洪洞人耿直、强悍,不容易服人,这一下全服了。洪洞县的老百姓们交口称赞:"金某人真是'金包公'呀!""多亏了'金包公'来了!"

后来县领导请金某人等人吃饭,酒席宴前,县委书记说:"金书记,你真是法眼如炬呀。我想问你,你怎么能一开始就知道这是个错案?"

金某人说:"很简单。活人难免说假话,死人不会说假话。死人是被手枪打死的,只有有手枪的人才能作案。你说是不是这个理。"

当时在饭桌上,众人就鼓起掌来,热烈的掌声持续了好一会儿。

县委书记又说:"金书记,您真是神通广大。您一来,大门不出,二门不迈,不几天就大案告破,您真神啦。"

金某人说:"谈不上神。按理说我应该沿着手枪去侦察,那就太笨了。本案已经出现如此波折,你们判了三个无辜者死刑,布告都贴出去了,公审大会开了一半,我一来就把案子推翻了……这么大的动静,全县人都知道了,罪犯能不知道吗?相比之下,他比我着急。现在不是我侦察他,是他要侦察我了。所以他在我门口站了好几天,后来一叫就进来了。"

话音一落,又是一阵热烈的掌声。

虽然如此,几年以后,金某人照样挨批判。批判者中就有当时鼓掌的人,这就应了金某人的话,活人都难免说假话,大概是这样吧。

我一直挨整,心情不舒畅。三中全会后,不挨整了,心情自然就好多了。我忽然想到,为何不拜访一下这位"金包公"呢?一打听,我的朋友说,早死了。以前人们叫他"金包公",

后来叫他"老右倾",他不死还等什么……

我想,正人君子越来越少了。

作者附记:

这是一篇多年前的旧稿,自觉文字粗率,不够雅驯,不敢送出。又觉得没有调查研究,都是听来的传闻,怕引起非议,就把当事人的真实姓名隐去了。现在考虑,这是不对的,我没有权利埋没一个正人君子的真实姓名。现在决定,原文不再改动,谨在此附记中郑重声明,"金包公"的真实姓名是,金长庚。金长庚值得我们山西人永远敬仰,永远怀念。作者谨志。

2011 年 6 月 20 日

(豆豆十二岁生日) 太原东花园

涿州行

卢生老去归范阳，西山白雪见灵光。

鲁连好比云中鹤，狗屎一堆秦始皇。

——涿州行

20世纪90年代，我曾两次去涿州，看望我的老战友杨善元同志。于是就在我的笔记本中留下如此四行俚句，遂命之曰《涿州行》。

涿州是个好地方，靠山近水，物产丰富。秦始皇梦寐以求的督亢之地，也就是荆轲刺秦王时所献的督亢地图。督亢就在涿州，古称粮仓。此地堪称物华天宝，人杰地灵，出过两个皇帝，刘备和赵匡胤。还有许多名人，其中以郦道元和邵雍最为著名。还有一个人们不太注意的人物，其实应算头一个涿州名人，这就是卢生。

《秦始皇本纪》中称"燕人卢生"，没有名字。《淮南子》

说，他叫卢敖，范阳人，涿州古称范阳。

卢生就是向秦始皇献图箓曰"亡秦者胡"的那个人。他在当时的秦朝是第一个著名的人物……帝王思想、帝王文化发生发展，从胜利走向胜利是从秦朝开始的。也不要忘记，正是这"亡秦者胡"，给秦朝画了个句号。这是无可否认的历史事实，说别的都是闲话，都是胡扯。

卢生的年龄应该比秦始皇大，假定大二十岁，那他年轻时就有可能见过那位坚决反对帝制的鲁仲连。他或许曾经追随鲁仲连来往于齐燕之间，后来拜羡门高誓为师，遂入山学道。看来他的师父是个高人，正是为了进献"亡秦胡者"的图箓，师傅才命他下山，混进秦国朝廷，并且多次面见秦始皇，对秦始皇说些道家的滥调，以便测其浅深。

那个"亡秦者胡"的图箓，本身就是对秦始皇的当头一棒。你不是说，万世一系，秦国江山与日月长存吗？告诉你吧，秦国也有灭亡的一天，"亡秦者胡"也。头脑稍微灵动一点的，立刻就会有一种强烈的忧患意识产生出来，不幸得很，秦始皇的猪脑子，连一点点忧患之感都没有。这大概就是所谓的天命吧，"天命之谓性"（《中庸》），性者性也，无可奈何。

正是由于卢生对秦始皇的批评引起了坑儒事件，并且正是他揭了秦始皇的老底，"以诸侯，兼天下"，秦始皇怀恨在心。

秦始皇给卢生定的罪名是诽谤罪，这种罪名本身就是无道。古代朝廷设有"登闻之鼓"，路旁设有"诽谤之木"。当政的人盼望有人诽谤他、批评他，指出他的错误，促使他改进工作。在战国时代，稍稍识几个字的小孩子，也都知道"召公谏厉王止谤"的典故，召公说"防民之口甚于防川……"大概只有秦始皇不知道厉王、幽王以及西周灭亡的故事吧。如果他知道，他怎么敢冒天下之大不韪，给人定这种无道的罪名呢？这不等于给自己定了罪吗？就算有一个猪脑子也不会这么干呀，然而不幸得很，秦始皇就这么干了。

秦始皇制造了焚书坑儒，以致整个帝王时代文字狱不断，而且愈演愈烈，直至"文革"。这文字狱可以说是帝王时代的标志……这就是谶纬时代，是迷信的时代。为了巩固个人迷信，不遗余力地展开造神运动。历史故事不断地重演，一浪高过一浪，如此这般绵延了两千两百余年，中国人真是受够了。不过，也有暴君暴王鞭长莫及的地方，曰深山老林也。

卢生是应该活埋的第一名。秦始皇当然首先是要抓到卢生，恨不得手刃之而后快，但是他却没有抓到卢生。不用问，卢生有两条腿，他不会等着秦始皇派人来抓他吧。燕赵之间，遍地都有深山老林，莫说一个卢生，就是一万个卢生，一旦进入深山老林，则立刻变得无影无踪。

秦始皇三十四年焚书，三十五年坑儒，三十七年秦始皇死掉，二世三年秦亡。总共不过六七年，卢生又出现在人世间。他胜利了，秦始皇失败了，后人不能不承认这是事实。他是该死没死、该坑未坑的第一人，第一条漏网的大鱼。他是帝王时代第一个幸存者，第一个最后的胜利者。

我想，卢生这时候大概有七十多岁了。鲁仲连死了，羡门高誓也死了，卢生怎么办？想来他晚年，肯定会回到他的故乡，也就是范阳，此所谓"狐死首丘，仁也"。（《礼记》）这是很自然的，自然而然的，落叶归根。

我的这四行俚句，也应该看做是合乎自然的，此所谓"道法自然"也。后面两句是卢生的感慨，他无限推崇鲁仲连，而极度鄙视秦始皇，这也是很自然的。

战国后期，可以说英雄辈出，豪杰如林，但在卢生眼中，只有这两个人值得一提。这两个人，一个坚决反对帝制，一个坚决实行帝制，这两股绳儿，你使你的劲，我使我的劲，拧成了两千多年的中国历史。虽然帝王思想总是得势，但是秦始皇最害怕的诗书百家语都是流传下来了。它们一直作为经典，影响着中国历史。这是事实，这是无法否认的事实，这就是实实在在的历史。

2011 春日于狼牙山镇

傅山与交山义军

不久前,我去交城县,在山中逗留了两天。这是我第一次进入交城山。我看到了清澈的流水,茂密的森林,山间的小路和小小的村庄。这一切幽雅的山林景色,使我流连忘返,激动异常,使我想起了许多如今已鲜为人知的历史故事,这就是三百年前交山农民起义军的故事。并且,说来也很自然,使我想起了傅山。

《山海经》里记载着:"悬瓮之山,晋水出焉。"悬瓮是形容晋水的汹涌之势,有如把水瓮推倒一般。这说的就是现在的晋祠。传说周成王桐叶封弟,封唐叔虞于晋水之旁,至今晋祠有唐叔虞祠。晋祠的圣母殿传说供奉的就是唐叔虞的母亲,周武王的妻子邑姜。周王朝在晋国制定了适合当地民情的新政策,叫做"启以夏政,疆以戎索"。那时的晋中盆地,南人称之为大原,北人称之为大卤。就在傅山的文章中,依然称太原为大卤城。阎尔梅的诗《访傅青主于松庄》说:"狼孟沟南大卤平，汾川直扫太原城。""大卤"二字使人想起一种面食的名字来，它就是大卤面。自古以来并州号称民性强悍，出产名马、名刀，还出产慷慨悲歌之士。而交城山就在悬瓮之山的西面百十里路，几乎是紧密相连，简直就是一座山。当年交城山农民起义军所占据的山林，据《交山平寇始末》说，东起太原，西至黄河，南至汾州、交城，北至保德、宁武关和芦芽山。这一片大山，纵横千余里，万山盘错，莽莽苍苍，森林衔接，郁郁葱葱。

封建统治者对这一片大山厌恶极了，说自古以来这里就是"盗贼"的"渊薮"。交山农民起义是在明朝崇祯初年，其领袖名叫王才宏，攻州破县，曾经一度占领临县城，远近震恐。崇祯三年（1630年），闯王的起义军东渡黄河进入山西。在太原以西的这一片大山之中，一时树起了许多起义的大旗，犹如雨后春笋，真是风起云涌。如果要写出他们的山头和名姓，则需要一大段文字。

崇祯末年，李自成准备进入晋中，派了将领来同交山军联络。交山军立即同意归顺闯王，接受李自成的指挥。在李自成退出北京向南撤退的时候，交山军的一部分随李自成南下了。但是大部分的交山军没有南下，留在交城山中坚持斗争。这个时间，交山军里有人投降清兵，也有人假投降。清兵一来，强令剃发。于是所有不愿意剃发的农民就逃跑进了山，交山军反而不断扩大起来。人越来越多，仗越打越大。大同总兵姜瓖，"部下多骁勇，久蓄异志，及见交山乱，思逞"（《交山平寇始末》）。这年冬天，姜瓖起义，打的是明朝的旗号。姜瓖派姜建雄南来与交山军联络，交山军决定接受姜建雄的指挥。他们四面出击，占领了交城、文水、清源、徐沟、太谷、汾阳、离石、静乐、岢岚等地。当时只有太原和榆次尚未攻占，不过交山军也已经任命了太原知府和榆次知县。后来多尔衮亲自出战，消灭了姜瓖。多尔衮派两位亲王，一个是敬谨亲王博洛，一个是端重亲王尼堪，直驱太原，与正在进军太原的交山军作战。清兵南下，把交山军看做是姜瓖的残部，待姜建雄战死汾阳之后，他们便以为大获全胜。其实，交山军又退入了深山。顺治十六年（1659年），石楼曹青山暴动，投奔了交山军，交山军推举曹青山做了交山军的领袖。这中间大小战斗打了许多，有过许多胜利，也有过许多失败。这个时候坚持战斗的乃是交山军的第二代了。父亲战死，儿子接班；爷爷牺牲，孙子上阵。到康熙七年（1668年）赵吉士做了交城县知县，经过三年的艰苦努力，到康熙十年（1671年）才把交山军最后镇压下去。从崇祯初年到康熙十年，交山农民军前赴后继坚持斗争，时间长达四十余年。其间该有多少可歌可泣的事迹啊！

傅山虽然没有参加交山军，但是，要说他同交山军没有关系，却不对。这证据就是傅山的有名的文章《汾二子传》。傅山曾经把这篇文章抄写过许多份，分赠他的朋友。至今山西省博物馆还保存着他的《汾二子传》的手迹。那书法清俊遒劲，大气凛然。文章也好，读之令人肃然起敬。邓散木说傅青主小楷极精，这《汾二子传》就是傅山小楷的精品。汾二子即汾州（今汾阳）的两位先生。一位名叫薛宗周，字伯文；一位名叫王如金，字子坚。他们两位都是傅山在太原三立书院的同学。傅山同薛宗周最要好，崇祯九年（1636年）他们一起上京，为平反袁继咸的冤案奔走呼号，同阉党爪牙做殊死的斗争。那次斗争终于获得胜利，可以称作古代历史上的一次学生运动。后来马世奇写了一篇《山右二义士传》，歌颂这次运动。二义士就是博山和薛宗周。薛、王二人在姜瓖起义之后，见交山军打的是明朝的旗号，他们便立刻参加了。他们带领交山军向太原进军，打到晋祠，遇上了博洛带的清兵。博洛在赤桥，薛、王在晋祠堡。一个小小的晋祠堡，堂堂的亲王率领大军竟然攻了五天才把它攻下来。战斗失利，他们两位都牺牲在晋祠城头。傅山在叙完他们的事迹以后写道："二子果能先我赴义"，"往者不悔，来者不拒，何哉？余乃今愧二子"。这篇文章作于何时，也值得一提。文中傅山写道："及袁先生三立讲堂，二子咸在，至今盖十五六年矣。"从崇祯七年（1634年），数十五年，正是交山军在晋祠作战的那一年，即顺治六年（1649年）。晋祠战斗发生在顺治六年五月间。傅山的文章大概就是这一年的夏秋之间写成的。当时传说薛宗周没有死，傅山写道："死耶未也，彼其无论矣。"意思就是：薛子是死是没死，先不要管，我决心写《汾二子传》。可见傅山是急切地要给二子作传，其心情之激动可以想见。又过了十五年，傅山写道："自袁师倡导，太原晋士咸勉励。文章风节，因时取济。忽忽三十年，风景不殊，师友云亡。忆昔从游之盛，邈不可得。余与枫仲，穷愁著书，沉浮人间。电光泡影，后岁知几何，而谨以诗文自见。吾两人有愧于袁师。"（《霜红龛集》卷十四《叙枫林一枝》）这里"师友云亡"，"师"是袁继咸，"友"里自然就包括薛、王二子。三十年后，傅山依然怀念薛、王二子，言语深沉，感人至深。这就是傅山同交山军的密切关系。我们甚至可以这样说，三十年后，傅山依然在怀念交山军的英雄。

当我在交城山里漫步的时候，我想寻找裴家马坊，没有找到。有人告诉我，那可能就是方山县的马坊村。从老方山看东北，相距十来里路，本是古代屯田的处所。我想到那里去寻找"孟楼"的遗址，以便凭吊古代英雄们的遗踪。据说孟楼高十几丈，可望数十里。当年起义者战败自焚的时候，烧掉了"孟楼"。那为首的起义军将领，名叫裴奇芬，是个明朝的武举。当时的举人秀才，不分文武，莫不踊跃投身革命，他们甚至不计成败利钝。傅山的《汾二子传》里说，薛宗周见有人犹豫动摇，严厉地说："极知事不无利钝，但见我明旗号，尚观望，非夫也！"正是这位"高视迂步，不苟言笑"的薛宗周，在晋祠战斗中身先士卒，英勇战斗。后来战斗失败，当晋祠南城楼起火时，有人看见他投身烈焰中，壮烈牺牲了。这都是一些平时非常骄傲的文人，这就正是他们的所谓"崖岸"。而跟随他们一起战斗，最后一起牺牲的，都是淳朴憨厚、不识字而有觉悟的山村农民。

我来到一个小小的山村。它简直就是一座天然的城堡。古人讲究风水，所居要求背风、向阳，汲水较近而没有水患，不过如此而已。这个村子，高高地坐落在一个小山嘴上，向阳却不背风，没有水患，汲水却远。村后没路，村前唯一进出的路，崎岖难登，就是毛驴，驮着东西向上爬，也是很困难的。我看见毛驴就想起了"灰毛驴驴上山灰毛驴驴叫"这首民歌，仿佛交城山里只有毛驴似的。然而古书上写着，交城山里出产名马，其马高大善走，古代用作战马。清兵入关以后，严禁山民养马，实际是害怕。据说元朝统治者害怕菜刀，许多家庭共用一把菜刀。而清朝统治者害怕马，严禁养马。没想到这些尚武的民族，一旦成了统治者，心理变化很大，胆子很小，脆弱至极。我脚下的大石块，细雨过后，焕然一新，呈现着各种奇妙的花纹。我抬头望着高处的庐舍，想象着古代的战斗，也许我面前的大石板上，就曾经洒过交山军英雄们的鲜血，他们的妻女被屠杀，他们后来也流尽了最后一滴血。当他们倒下去的时候，山石也会震恐，发出金石之声。他们为了什么？为了生存，为了自由。他们生活在一个乱世，一个个性正在觉醒的乱世。

明末清初是一个天崩地裂的时代。天天都有谣言，处处都有怪事，人心浮动，天下大乱。正是在这时候，个性开始觉醒。傅山在《学解》一文中说："学本义觉，而学之鄙者无觉。盖觉以见而觉，而世儒之学无见……所谓先觉者，乃孟子称伊尹为先觉。其言曰，予天民之先觉者，将以斯道觉斯民也。乐尧舜之道也，而就汤伐夏以救民，则其觉也。觉桀之当诛，觉汤之可佐。尧舜汤者，杀桀乃所以为尧舜汤也。是觉者，谁能效之。"（《霜红龛集》卷十四《学解》）

觉就是觉悟，见就是见识。庸人们没有任何见识，甚至害怕别人有一点点见识，怎么能希望他们有觉悟的一天呢？傅山指出，真正的觉悟就是像伊尹那样的觉悟，觉悟到夏桀当诛，以这种革命的道理唤起民众，并以此达到杀桀而救民。在古代社会里，凡识字的人都知道"汤武革命"的典故。傅山这些话，直截了当鼓吹革命,这是再明白易晓也没有了。正是在那个大动荡的时代,先觉者以个性独特相标榜。在《汾二子传》中,傅山说:"余先与薛子游,畏其卓荦,喜两河有斯人。"卓荦特达,用现代语说就是卓越独特。傅山对薛宗周的个性,是又敬畏又喜爱,高兴在汾阳出了特殊的人才。汾阳的缙绅和士人都喜欢做买卖。薛宗周是当年三立书院的高才生,"薛峻崖岸,肩棱棱如削,不苟言笑,高视迂步,而佣奴汾之人"。而王如金"短小负气,行多不掩言,而亦佣奴汾之人","二子者独喜交游豁达,耻琐碎盐米计"。傅山有《悼子坚》诗二首:"王子狂而疏,行真不掩言。""醉眼乜西河,黄茆连青天。"(《霜红龛集》卷一)"醉眼"二句,狂态可掬,这就是三百年前的革命英雄。人们只知道一定的时代产生了一定的个性,这无疑是对的。但反过来说也一样是对的:独特的个性,形成了独特的时代。傅山的个性也是非常独特的,正因为这样,他才能够充分理解并且热情歌颂这些具有独特个性的英雄。

我终于找到了一个当年的战场。这就是米家庄西面的夹谷地带。《交山平寇始末》记载着这次战斗。顺治五年(1648年)九月底,"右营守备李进忠率兵五百,运粮千石入山。王显明、王国光、张继成、齐三夏等闻之,伏众数千于米家庄西十里野则河山下石锁关侧。进忠兵至,贼断其前后,集鸟枪乘高夹打,自辰至午,进忠死,五百兵无得脱者。报至,举军丧气"。这是一次大胜利,并且是歼灭战。

我站在河边,察看这弯曲狭长的河谷。如今的情形同三百年前大不一样了。修筑了平坦宽阔的汽车路,架起了高压电线,还有一些水泵房之类。汽路上不时有汽车和拖拉机走过。汽车的喇叭像发脾气似的叫着,相比之下,拖拉机们温柔多了。我想象三百年前的那次战斗,土枪土炮不停地怒吼,一定激烈之极。交山军的将士们使用的主要是鸟枪。这一带大山之中,出煤、出铁,有的是硝磺和柳木炭,不愁他们造不出鸟枪来。然而我忽然想起一件很不愉快的事情。三百年前的交山军就已经使用着鸟枪,而直到抗日战争初期,民兵所使用的还主要是鸟枪。这三百年,人们干什么去了?明末清初这个时间的思想家、文学家、艺术家,那些作品的水平,以及他们的思想境界,比起当时欧洲的名家,毫不逊色。交山军手中的武器也不比当时欧洲人的武器落后。我们是从什么时候开始落后的呢?这就是我当时的想法。这个想法使我感到气闷。

我在这河边同一位老人谈过话。他有六十多岁了,拉着一匹小骡子来河边饮水。骡子同马相比,价钱低,能干活,好喂养。但是说实话,我不喜欢骡子。我希望看到交城山里的战马,枣红色的,高高的,又踢又咬,总是骄傲地仰着头。我赶过去同那老人说话，他不住地端详我，好像他家丢了一把斧子至今还没有找到似的。谈话中间，我问他交山军的事情，老人显出茫然的样子，后来说道："呵，听说过。听老人们道古时说过，前清时候，出过一个葫芦王。后来也常闹土匪。"

他的话使我非常惊奇。转念一想，这用不着惊奇。我也号称是个读书人，却不能充分理解傅山的文章，总觉得觚棱难近。可见三百年前那些包括傅山在内的思想家们的伟大的思想成果，我们已经是相当的隔膜了。同样道理，交山军英雄们的思想性格，我们已经是很难理解了。从现象上看，交山军的英雄们，仅仅是为了抵制剃发，竟然走上流血的道路。傅山也一样，他为了不剃发，当了道士。清朝皇帝请他出来做官，他拒绝，做官不还是要剃发吗？他愿意自食其力，过一种清贫的生活。他研究先秦古籍，发掘战国时代的思想财富。傅山的诗中有这样的句子："孔甲抱秦恨，慨然死陈王。""淡静陶处士，乃有咏荆卿。"于是我们知道了，交山军的斗是为了反对暴政。

我在走出交城山的时候，默默地想着，我觉得只有明清之际的人能够读懂战国人的著作。这两个时代非常相似，人们的思想情绪也非常相似。我指的不是七国纷争，而是社会的大动荡和士民的大觉醒。所不同的是战国秦楚之际的士民，经过长期的流血斗争终于胜利了，而明清之际觉醒的士民，经过长期的流血斗争却失败了。暴政胜利了,庸俗胜利了;自由失败了,个性失败了。觉醒的士民被暴政压下去,他们的血肉变成了尘土,他们的铮铮铁骨变成了灰烬。所以交山军留给我们的只是一出英雄的悲剧。经过这一场巨大的波涛之后,傅山悲叹道:

明月清风遗恨在,千秋万祀属谁知。

当我离升交城山的时候,我忽然产生一些遐想:现在的关帝山或许就是《山海经》里的少阳山,现存的文峪河或许就是《山海经》里的酸水。酸水!多么令人难堪的名字啊!它不停地奔流着、呜咽着,述说着我们中华民族无尽的辛酸。

1984年5月于东花园

傅山的时代及其风格

当我们谈论艺术的时候，无论如何总是离不开人。字如其人，风格即其人，作字先做人，等等。可见归根结底是人。有了某一种人，才有了某一种风格。在古代，由于材料的缺乏，我们看不见富有个性的普通人。自中世纪以后，人的个性渐渐明显起来。鲜明的个性是人对自身的认识，对人的尊严和价值的认识，是人类的觉醒。正当欧洲文艺复兴的伟大运动蓬勃展开的时候，中国的士人和平民也开始觉醒。所不同的是，欧洲的文艺复兴引出了人本主义、人道主义、民主主义和资产阶级革命，而中国士人的觉醒则被清朝文字狱彻底镇压下去了。这就是傅山所处的时代，或叫做历史背景。所以傅山和他同时代的一大批精深博雅才气横溢的学者一样，各人演出了各自的悲剧。虽然各有不同，但是毫无例外的都是悲剧。这都是时代使然，谁也无可奈何。在血腥的高压之下，士人遭到屠杀，个人尊严遭到践踏，个性受到蹂躏，民族的自尊自信受到彻底的摧残。所以说，这不仅是傅山等人的个人悲剧，也是整个中华民族的悲剧。正因这是一个悲剧的时代，所以我们看到了数不尽的英雄。单就文化艺术方面来说也是一样，明末清初的这个时间里，有成就的艺术家个个都是英雄。正是因为有了真正的英雄，才有了真正的艺术。正是因为有了独特的人，才有了独特的艺术风格。或者换一个较为具体的说法，正是在特定的历史条件之下，产生了极端痛恨庸俗的高雅之士，于是才有了高雅的艺术以及崭新的艺术风格。这一点，在书法上尤其明显，尤其突出。

现在开列一个名单，可以从中看出明显的时代的界限和艺术风格同个人的联系。

徐　渭：1525年生—1593年卒，艺术家。

李　贽：1527年生—1602年卒，哲学家。

董其昌：1555年生—1636年卒，书法家。

张瑞图：万历进士，天启大学士，附魏逆贬为民。

黄道周：1585年生—1645年卒，书法家。

王　铎：1592年生—1652年卒，书法家。

倪元璐：1593年生—1644年卒，书法家。

张　岱：1597年生—1689年卒，文学家。

朱之瑜：1600年生—1682年卒，思想家。

阎尔梅：1603年生—1679年卒，诗人。

傅　山：1607年生—1684年卒，书法家。

吴伟业：1609年生—1671年卒，诗人。

黄宗羲：1610年生—1695年卒，历史家。

顾炎武：1613年生—1682年卒，思想家。

王夫之：1619年生—1692年卒，思想家。

金圣叹：1619年生—1661年卒，思想家。

朱　耷：1626年生—1706年卒，画家。

朱彝尊：1629年生—1704年卒，经学家。

阎若璩：1636年生—1704年卒，经学家。

蒲松龄：1640年生—1715年卒，文学家。

道　济：1641年生—1718年卒，画家。

从徐渭卒年（1593年）至道济（石涛）生年（1641年），相距只有四十八年。生在当时的八十岁的人，可以先前见过徐渭，此后见过石涛。

首先说董其昌。他虽然生得略晚一些，但是他是属于在他以前的那个时代的最后一人。那是一个吃喝玩乐的时代，腐化堕落的时代，《金瓶梅》的时代。在政治上是严嵩、海瑞们的时代，哲学上是王守仁的时代，艺术上是唐伯虎的时代。无论董其昌的才气多高，声名多么显赫，他比唐伯虎等人更纤弱、更柔媚、更庸俗。由于政治上和思想上极端腐朽，所以在艺术上，就连元末明初的以倪云林为代表的那种清新淡雅之中充满孤傲的风格也没有了。对于董其昌的书法，你可以说如何的好，也可以说如何的坏；说好说坏都有根据。但是在明清之际的乱世之中，只有人说坏。然而在康熙以后，由于统治者的大力提倡，董其昌的字曾经大放异彩，其实这正是他不够光彩的地方。在董其昌生活的年代里，新的思想以李贽为代表，新的艺术风格以徐渭为代表，已经在下层形成。但是，董其昌不可能重视、研究并学习这些东西。徐渭只是一个普通秀才，后来是个疯子。李贽当过几天太守，后来当和尚，小拘形迹，也带点疯癫，被诬下狱，死存狱中。而董其昌却是进士，授编修，任侍讲、太常寺卿、礼部侍郎、礼部尚书，致仕而后卒。他不但青云直上，而且特别讲究享乐，也可以说是特别庸俗，并且他一点也不疯癫。他的身世和地位，不允许他重视并研究李贽的思想和徐渭的艺术。所以说他是唐伯虎阵营的最后一人。

现在我们从明亡（1644）时刚满十八岁的人这里画一条线，即从朱耷以后，中国历史进入了前所未有的最黑暗、最愚昧、最落后的时代。中国落后于西欧，就是从这里开始的。历史学家们曾经做过许多努力，企图证明清兵入关和满族入主中原是符合历史规律的，是中国历史发展的必然。如果这是对的，那么，认识这个必然性，确是一件十分痛苦的事情。无论清朝的皇帝和官僚做过多少好事，也无法补偿愚昧落后给中华民族带来的损失。社会黑暗到极点，哲学不能谈，政治不能谈，科学技术也不能谈，朱彝尊作《经义考》，阎若璩作《古文尚书疏证》。从这里开始，知识分子钻进了故纸堆。经学、史学、文字训诂、音韵、考证之学得到了空前的发展，出现了一大批卓越的学者。他们本身是漫无目的的，然而却给后来对中国古代史作科学的研究提供了丰富的资料和无可辩驳的依据。自蒲松龄之后，开始了一种仿佛是脱离政治而实际是同政治对抗的文学运动。蒲松龄之后紧接着就是洪昇、孔尚任、吴敬梓和曹雪芹。这正是同政治对抗的结果。

这个时间，有所谓"生降死不降，男降女不降，妓降优不降"之说（见马叙伦著《读书续记》卷一）。你只要活在世上就必须投降，死后入殓时才可以换上明朝的服装。男降是梳了辫子，女不降是依然缠足。妓女穿起了旗装，唱戏的在戏台上依然是明朝的衣装。对于整个民族来说，是够惨的了。绝大多数人都投降了，极少数人逃避起来。只有两个人是例外，他们是既不能投降，也无处逃避。他们就是朱耷（八大山人）和道济（石涛）。他们两位都姓朱，都是明朝的宗室后人，根本无法同清朝妥协，所以都当了和尚。朱耷自号"驴汉"，石涛自号

"瞎尊者"。朱耷晚年疯癫，门上书一"哑"字，见人不说话。石涛晚年下落不明，不知所终。他们的天才像宝石一样，发出永不磨灭的光芒；他们的性格也同宝石一样，坚硬无比。他们不仅骄傲异常，而且顽固到底。于是他们做了傅山这个时代的殿军。

我们把前面的划开，再把后面的划开，这就看清了傅山所处的这个时代，即明末清初的这百来年。现以交山义军的斗争为例。据《交山平寇始末》的记载，他们的斗争从崇祯元年（1628年）开始，至康熙十年（1671年）结束，共四十四年。交山军开始时，傅山二十一岁，交山军被消灭以后，傅山又活了十三年。这是一个杀人如麻的时代，说得文雅些，是血与火的时代，或者直截了当给个冠冕堂皇的称谓，叫做革命时代。所有人都在饥饿和屈辱中熬煎，都受到死亡的威胁。过去说"人死如灯灭"，现在说"杀一个人如同踩死一只蚂蚁"。庭堂里晚上还是灯红酒绿，轻歌曼舞，高谈阔论，慷慨激昂，天明时已经是全家老小尸横阶前。死亡的威胁使人们认识了生命的价值，于是纷纷起而抗争。这些抗争的方式方法是否尽善尽美，很难说。所有的真理，在最初都曾经被认为是荒谬；而所有的抗争，永远不可能尽善尽美。对古人品头论足说长道短，乃是无聊文人们的爱好。如果听从这种无聊文人们的聒噪，则永远找不到真理。在艺术上也是一样。艺术真理，也就是艺术的真谛，乃是抗争。即从死亡之中求得生存，在高压之下求得自由，于黑暗之中求得光明。书法是所有艺术中最抽象的艺术，也就是最没有内容的艺术。越是没有内容的地方，其内容越是丰富异常。这内容就是所谓性情、性灵、性格，说得确切些，就是个性。书法比古文、古诗、小说和戏曲等更明显更突出地反映着、表现着乱世的心情、乱世的个性、乱世的英雄。人们在苦恼、沮丧、悲愤、疯狂的时候，高歌当泣，远望当归，读书就是探索，怒吼权当厮杀……这一切情绪凝聚笔端，于是就出现了明清之际的连绵大草这种独特的无与伦比的书法艺术。书法艺术的内容，并不是所写的文字本身所固有的内容，至少它不限于文字本身的固有内容或含义。同一首唐诗，明人也写，清人也写，明清之际乱世之中的人也写，谁和谁也不一样。董其昌及其以前的人写的，脂粉气令人掩鼻。乾嘉以后台阁之中的大人先生们写的，腐臭味令人作呕。而明清之际那些遭逢乱世的忠臣孝子英雄烈士们写出来的却完全是另一种样子，那真是笔墨飞腾，气势磅礴，令人惊奇赞叹，振奋不已。这些互不相同的东西，才是书法艺术的实实在在的内容。这就是人，独特的人，独特的个性，独特的风格，独特的艺术。

从大体上说，这些独特的东西，正是时代所赋予他们的。

傅山就是这样认识的,他说:"与时高下,亦由气运,不独文章然也。"(《霜红龛集》卷二十五)换句话说,这只是我们的方法。我们只有认清某一个时代,才能认清某一批人。不过这依然是在共性中做文章,还没有进入个性。所以上面的话反过来说也行:我们只要真正认清了某一个时代的一批有代表性的人,同时也就认清了那个时代。比较地说,这就进入了个性,进入了对个性的认识。因为不仅是人类,所有的物种归根结底都是一些个体;只有认识了个性,才有可能从而推知共性。同一个时代,有各种各样的人,他们不仅是千差万别,而且有些简直是截然相反。可以说任何一个时代都是这样的,不足为怪。然而,所谓有代表性的人,就是那些最优秀的人,这就像花可以代表叶,而叶却不能代表花一样。他们是一些结晶体,是精华。人们在争论问题时,往往不知不觉之间进入了未经证实的领域。例如有关拿破仑的争论,说他是时代的产物,并说只要历史出现了法国大革命的情况,即使没有科西嘉的那个波拿巴,历史也会造就出像拿破仑一样的人来。其实,即使"像拿破仑一样的人"真的被历史造就出来,他给历史进程的影响,也不可能同拿破仑是一样的。这是人人皆知的事情。在艺术上也是一样。社会情况以及历史条件自然给了艺术家决定性的影响,不过如此而已,剩下的都是个人的事情,这就是个性。所以从具体人来说，修养是极其重要的。

人是多种多样的。而具体人所处的具体环境，也是多种多样的。屈服于环境和不屈服于环境，这就是两种截然相反的人。就是不屈服的人也是多种多样的，他们所走的道路也是各不相同的。他们敢于正视现实的污浊，敢于同污浊的现实对抗，敢于独立思考，敢于使观点服从材料，敢于坚持自己独特的政治观点和艺术观点，不低头，不妥协，不做眼前名利之想。也就是说，不图尽快出售。这就是那些身在山林的书法家们无比优越的地方。依仗权势的人们越是洋洋自得，藐视权势的人们则越来越多。当台阁之中的大人先生们指手画脚、高谈阔论的时候，同他们相对抗的山林体的阵营也正在壮大。山林体的书法家们的骨头硬，他们不辞艰险，不避穷愁，敢于同各种各样的权势也就是各种各样的庸俗相对抗。对于他们来说，艺术既不是任人玩弄的婢女，也不是装点门面的仆夫。他们藐视权势却拜倒在艺术面前。他们崇拜艺术，赞美天才，尊重独特的个性。值得注意的是，他们都披着儒家的外衣。他们给儒家的仁义道德以全新的解释。甚至在他们当了和尚、当了道士之后，他们朝夕诵读的依然是儒家的经典。三百年以后，当时那些有权有势的大人先生们早已埋没无闻，而这些山林体的书法家们却成了我们中华民族的骄傲。这是很耐人寻味的。思索这种问题，可以使我们增长学识,增长志气。傅山对于艺术的思索,正像他对哲学和历史的思索一样,不仅精深,而且独特。傅山特别强调读书,而且主张把学习研究之所得变为自己的素质。他写道:"故学可作食,使充于中。圣贤之泽,润益肺腑。自然世间滋味聊复度命,何足贪婪?几本残书,勤谨收拾在腹中,作济生糇粮,真不亏人也。"(《霜红龛集·杂著》)

不可否认,我们也是处在一个动荡的革命的时代之中。而我们的书法之所以未能突破传统的束缚,未能达到登峰造极的地步,这只能认为是由于我们的素养太差的缘故。石涛强调"蒙养"与"生活"(《苦瓜和尚画语录》),归根结底是主观的成分居多。这就是自身的品质,也就是个性。谁都受过苦。有的人受了苦,增长了志气,提高了品质,变成了坚强的斗士;有的人受了苦,却变成了鼠目寸光的追逐名利的市侩。傅山写道:"偶论及某饥寒,眉从旁曰:'此辈却非饥寒累了我,正是我翻累了饥寒'。"(《霜红龛集》三十六卷)这就是觉悟的问题。我们可以这样说,个性就是觉悟。究竟应该做一个什么样的人呢?这就是说的觉悟。从前说改造思想,现在说做人。傅山说:"作字先作人,人奇字自古。"(《霜红龛集》卷四)改造思想不可能完成,做人也很难达到终极。如果一定要先做一个完美无缺的人,然后再写出一种完美无缺的字,这恐怕是不可能的。因为这种完美无缺的东西,从来就没有过。张瑞图的为人绝非完美无缺,其字也并非完美无缺。张瑞图是附魏逆而后赎为民的。然而他却在书法上突破了旧有的藩篱。或许是因为他由大学士而赎为民这一下成全了他。虎落平阳,才看清了人生,从而也认清了艺术。人需要觉悟,需要觉醒。谈论这种问题,到了这种地方,很容易让人想起"天才"这个不可捉摸的名词。尤其在艺术上,人们往往强调"天才",殊不知天才也是积累的结果,就像花是叶的积累一样。这里有一个突变的现象,叶经过长时间的积累终于变成了花。这个突变,就是觉悟。任何艺术都需要觉悟,书法艺术尤其如此。

紫塞雁门

今年秋天，我终于有机会来到了雁门关。我们把车停下，下车来看看雁门关的风光。我们不禁大吃一惊，古人起名字，一点都不含糊。这里是紫塞雁门，这里的石头是紫色的，土是紫色的，连草也是紫色的，开的花，深浅浓淡，都是紫色的。我为古人的精细，发出由衷的赞叹。

我们站在岭头上向北眺望，同路的朋友们告诉我，远处那雾气沼沼的地方，就是大同。再往北，茫茫的一片，就是集宁。过了集宁就是草地，直到二连浩特，那就是"天苍苍野茫茫，风吹草低见牛羊"的地方，那是一派草原风光。他们告诉我，从草地往南走，每走一百公里，情况就好一分。走到集宁就看见有树木，走到大同就有低低的树林，有清清的河流，有北魏的石窟；再往南走，就看见辽代的木塔；一进雁门关，就看见参天的乔木；再往南走，就是忻州、太原，情况就好到十分了。这里有唐朝的庙宇、宋朝的建筑，各种雕塑、绘画、木板经文、石刻碑帖，等等，指不胜屈。

于是，这就引起我无限的遐想。自古以来，从大小兴安岭上下来，像滚雪球一样，在北方草原上迅速生成的名目繁多的游牧民族，他们难道不知道南边有黄河、长江，有许多数不尽的好地方吗？他们都曾经向南打，打进长城，打过黄河。他们曾经多次得手，他们最终还是向西走，无论是大月氏，还是匈奴、突厥、契丹、鞑靼等等，他们若不被中国文化所同化，就只有远远地走开。这是为什么？这很自然地就引出一个问题：中国文化是什么？世界上从来没有一个人这样认真地问过，所以我们也从来没有这样认真地考虑过。当然，现在要给它一个简单明了的回答，也不是简单事情。

欧洲人总是把欧洲当作世界，欧洲的历史就是世界的历史。自18世纪以后，情况略有改变。欧洲人开始屈尊谈论亚洲，谈论中国和中国文化。过去的英国史学家汤因比，着眼于欧亚大陆，然而在谈论中国文化时，也只是把它当作人类历史上廿二个已经死亡并且是埋掉的文明中的一个而已。

直到多卷本的巨著——《剑桥中国史》出版以后，我们才知道，原来欧洲人对中国以及中国文化，简直是不甚了了之至。这原因很简单，外国人到中国来，不是传教、做买卖，就是打仗，毫无例外的都是以征服者的姿态出现，没有一个是来学习的。当然，中国文化对他们没有丝毫实用价值，即使来学，也不可能成就。

近代以来，中国人受尽了外国人坚船利炮的洋气，丧权辱国、割地赔款，不胜枚举。一部中国近代史，可以气破肚皮。于是，中国人发愤图强，搞工业，幻想着造出坚船利炮，以便立于世界民族之林。从黑格尔的世界主义，到托洛茨基的世界革命，我们都见识过，也都领教过了。怎么样？不怎么样。

在古代，中国的一些民族，曾经踏上欧洲，例如匈奴人，例如蒙古人。他们不但踏上欧洲的土地，而且大肆杀戮，但是，他们像飘风骤雨一样，飘风不终朝，骤雨不终日，很快就销声匿迹了。

中国人发明了火药，别人用它造制杀人的利器，中国人却只会用它制造烟花爆竹。鲁迅曾经为此痛心疾首，发出无限感叹。正是在这种特别需要用脑筋的地方，真洋鬼子和假洋鬼子们的头脑，就像铅笔刀在玻璃板上划过一样，不能深入，不能思索。若说发明火药的人以及制造烟花爆竹的人，根本就不知道它可以变为杀人的利器，这是说不通的。但是，在好几个世纪之内，硬是不把它变为杀人的利器，只用它做烟花爆竹，这是为什么？这是什么思想？这是什么文化？一两句话是说不清的。就算能说清，一般人未必能明白，更不要说接受了。

有关坚船利炮的强权政治的理论，中国老早就有过。这就是商韩的"当今争于力气"的学说。强大的秦朝迅速地灭亡，就标志着商韩理论的彻底破产。从那时以后，两千多年来，中国人对商鞅、韩非的理论熟悉得很，也只是备而不用，就像士大夫们书斋里墙上挂的宝剑一样。这种小伎俩、小手段，只是不得已时偶尔玩玩而已，一般的情况下是不用的，若用而不当则丢人，则损德。

中国人经常用的、锲而不舍的、孜孜以求的，是什么呢？它与商韩的理论正好相反。说出来很寡淡，叫做立德、仁政、内圣外王的功夫。中国人很早就会造船，三宝太监带领的浩大的船队，曾经到达遥远的海域和不知名的国度。他不是去征服别人，也不是去做买卖，纯粹是一种友好访问。认真说来，中国人就是傻气。大老远的，千辛万苦九死一生，给人家送点礼物去，图个甚？不图甚。这不是冒傻气吗！这是人类历史上唯一的一件傻事。五百年来，却没人谈论过这件傻事。如果在这种地方，提到"大智若愚"这句话，人们一定会觉得平淡无奇。简直是"道之出口，淡乎其无味"。所以当人们一旦接触中国文化，接触到它的边沿，摸索到它的一星半点实质的时候，心中就感到一片茫然。因为，第一，不可思议；第二，无利可图。所以，也就望而却步，只得兴一浩叹了。甚至在世界上很有名的东西，在中国却没有发生过。例如从托尔斯泰到圣雄甘地，和平主义以及非暴力主义等等，好像中国根本就用不着似的。有人把长城，内长城、外长城，比做是闭关锁国的象征，对此反感之极。我也有同样感觉，也认为长城是一种闭锁。不过，它所闭锁的是一个巨大的图书馆，一个汉语汉字的包罗万象丰富异常的图书馆。外国人从未走进这个图书馆。现代中国人虽然住在这个图书馆里，却由于东张西望、见异思迁、急功近利、好大喜功，以致对本土文化知之甚少，只鳞片爪，数典忘祖，不是妄自尊大，就是妄自菲薄，以至于抱着金碗四处讨饭。这事情真是孩子没娘说来话长，无限凄凉，无可奈何。

我总算没有白从雁门关经过。我拣回一块雁门关上的石头，一小块深紫色的粗砂石一类的石头。这样的石头，没有什么用处。它既没有耀眼的光泽，也没有独特的形质。如果把它扔在路边，没有谁会捡起它来。然而我却非常珍视它，长城是用它们修的，路是用它们铺的，房子也是用它们盖的。最没用的东西，实际上是最有用的东西。这大概就是古人说的无用之用吧。正像中国的文化，一种至今鲜为人知的朴实无华的奇异而伟大的文化。

狂草狂言

前不久有人在书法刊物上发了一篇文章，说为什么狂草发展不起来，后边有几点分析。我看了都同意。狂草为什么发展不起来？这个问题一直在我心中翻腾。可见这是一篇好文章。它的观点对不对，这是次要的，最重要的是它能启发你、激发你，使你不得不考虑它提出的问题。这张报纸看过以后不知塞到哪儿去了。总之，我不是故意埋没这位作者的姓名。

记得这位作者的分析，好像多是在技术性问题上着眼。我认为这恐怕不是什么读书、研讨、造诣、学养、技巧等等的问题。我们只有成群结队的年轻美貌的所谓歌星，也主要是靠扭动身体。我们却没有令人着迷的足以载入史册的作曲家。我们只有数不尽的老小诗作者，老的是七个字一句，小的是前言不搭后语。我们却没有一个能写出一首惊天地泣鬼神的诗的诗人。一曲音乐，一首诗歌，这东西瞒不了人，做不得假。这不是力气换来的，更不是钱换来的。它是天才的产物。狂草比着音乐和诗歌还要挑剔得多,它是非大天才不可。古语说:"义武之道不坠,在人。"狂草发展不起来,也可以说,在人,在没有天才。天才是什么,很难说。但是,它不是什么,倒可以说一说。天才不是培养出来的,不是人制造的,不是你想让它产生,你盼望它产生,它就能产生的东西。天才不是蠢材的量的积累。一万个蠢材加到一起,还是蠢材。这就像一万个俗人加到一起,还是俗人,绝对顶不了一个雅人。如果硬找句明白话,说天才也是在一定的条件下产生的,历史条件、社会条件等等,至少也不是神秘的。对,完全对,我并没有说它是神秘的。就说条件,简直复杂得很。历史条件,首先是文化渊源,很难说清。社会条件就更难说了,爹、妈、爷爷、奶奶、外公、外婆、兄弟、姐妹、亲戚朋友、教育制度、文化生活……可以说一箩筐。但是,纵然你把它们头头是道地都列举出来,那又有什么用呢?它不是数学能求出来的东西。它是一个奇数,一个异数,一个想不到的变数,一个纯粹的偶然。现在科技发达,可以克隆一只羊,甚至可以克隆一个人,却永远造不出一个天才来。

我们只要进入抽象的名词概念之中,我们的话就只能是越说越空了。让我们撇开有关天才的云雾,回到现实中来,看看我们的生存条件。20世纪90年代初,搞过一次全国草书展,后来《人民日报》(海外版)选登了十多件作品,给每人都定了这个草那个草,给林鹏定的是狂草。提到这些只是做个话头,以便引出我的狂言而已。当时我还不知道什么叫狂草。别人都比我写得好,也很狂气。我的字相比之下,呆板得很,为什么单单定我为狂草。有人告诉我说,狂草:要求规矩绳墨……这以后我才认真考虑什么叫狂草。张芝号称草圣,未闻有颠狂之名。后来,张颠、米颠……这就颠狂起来了。明朝徐渭擅狂草,后来真的疯了,死于疯病。明清之际的王铎、傅山是一个草书的高峰,虽然没有人说他们疯癫,他们却是真正的狂者。

我想这个狂字,应该也是分着一些层次的。孔子说:"吾党之小子狂简,斐然成章,不知所以裁之。"这是狂的第一层,最低的一层,就是比较自信,比较骄傲,自高自大,等等。第二层是"老夫聊发少年狂",那不是真狂,"聊发"而已。这就像喝酒,没醉硬说自己醉了。这"聊发"的狂是没醉。有人写字,末了题着"某某醉笔",其实,何尝醉过。第三层是颠狂,就像米颠那样的人。注意是人。回答皇帝问话,竟敢说某名人是画字,某人是描字。皇帝问到他,他说:"臣是刷字。"他不但狂念可掬,而且滑稽得很。他看上皇帝的砚台了,便说:"此砚经臣濡染,再不堪陛下使用了,干脆送给臣吧。"皇帝笑一笑就答应了他。这是面对皇帝呀!我不知道别人,我知道我自己。一个什么白痴领导,讲了一段四平八稳的谈话,我就拼命给他鼓掌。我是真诚的吗？但是我常常这样。就是最知己的朋友，也没有为此批评过我。这样的社会生活，迷惘、麻木，久闻而不知其臭。回想起来，我比白痴更白痴。我还算个书法家呢，居然有人定我的草书为狂草，老天爷呀！傅山说："李白对皇帝如对常人，才称得个狂者。"这才是一个真正的狂者。这是一种品质，或叫做素质、气质，随便怎么说吧。总之，这种东西在现代知识分子身上，已经很少很少了。或许在老一辈人身上，如梁漱溟、马寅初、熊十力等人的身上还有一些。他们过世以后，举眼望去，着实令人失望。到第四层，就是真的疯癫了，如徐渭一样。他是真正的天才。不过到这种真的病了的程度，那是极端痛苦的。病可不是装出来的。然而，历史上真正的天才，大多数都是神经病患者。他们骄傲成性，动辄放言高论，满嘴胡说八道，不近人情。更有甚者，他们有各种各样的怪癖，受人鄙视，遭人厌弃。没有人真正认识他们的价值，更没有人愿意关心他们。他们活得连狗都不如。梵高在世时，连一张画也卖不了，生生地穷死了。"眼前一杯酒，何论身后名。"梵高死后名气大得很，那简直就是对社会历史的一种讽刺。讽刺是普遍存在的，只是我们不觉得罢了。如果梵高生活在我们身旁，我们会怎么看待他？这才是问题的关键。中国历史上，"穷居陋巷"的士人们，"更衣而出，隔日而食"，"犹不忘百姓之病也"

(《礼记·儒行》)。肥马轻裘，珍馐美肴的官僚们，到处都是，谁想到过这些挨饿的士人？他们出门碰上这种士人，都觉得晦气，恐怕要吐一下的。人生在世，一个狂字怎生了得？了不得。傅山有点狂气。那是因为他是个道士，他谁都瞧不起，谁都敢骂。"若到时无动静，那就到红土沟（寺院）去，喝碗大锅粥吧。"晚景凄凉，一言难尽。病症不是假装出来的，狂是能假装出来的吗？你想狂，就能狂吗？平常都是说，心里怎么想嘴上就怎么说，谁敢？"文革"前，向党交心，持续多年，谁敢交心？交了心的都倒下去了。我们只说该说的话。其实，真正该说的也不敢说。我们只能说别人让我们说的话。嘴是我们的，话是人家的。我们经常是指黑道白，颠倒是非，满嘴瞎话，不顾廉耻，良心丧尽……庄子说："小惑易方，大惑易性。"我们的性，早就易过多次了。我们在精神上早就是残疾人，早就不正常了，甚至可以说，它从来就没有正常过。我不知道别人，我自己是只怕自己真的狂了，那太可怕了。有一个神经科的主任，姓李，20世纪60年代初，我问他如何预防神经病，他说，神经病是遗传，我才放了心。有人说："你知道你是谁吗？"认识自己太难了。我一生中最不放心的就是我自己。如临深渊，如履薄冰，不足以形容我的恐惧心理。哪个无端挨整的人，没有想到过自杀？一而再，再而三，残酷斗争，无情打击，而且一次比一次厉害。现在说这，谁信？

我刻了一枚图章："小子狂简。"这是说的我年轻的时候。正因为我年轻时候非常骄傲，栽了一个大跟头，一撸到底，当了新战士。从此以后，我再不敢骄傲了。从前我瞧不起别人，后来，随便一个人都敢于公然表示对林鹏的藐视。有了老婆、孩子以后，我渐渐地变成了一个真正的大俗人。我爱我的老婆、孩子。我对他们有一种说不出的感激之情。我见到他们就把什么都忘了。如果不是因为有了他们，恐怕我早就死了。我参加过三个战争，抗日战争、解放战争和朝鲜战争。我认识的许多优秀青年葬身沙场，尸骨无归。其中有一个姓田的，山西怀仁县人，1951年在朝鲜牺牲了。到1998年，他们村的人们，还不知道他是烈士。这是一个团长尚且如此。再也没有比后来的历次政治运动更残酷了。许多同学、战友被整死，被打死，还有更多的是"畏罪自杀"了。说这些有什么用？你是想说明什么？我是想说，我怎么就变成了一个大俗人。我能不变成俗人吗？谁都能领导我，我对谁都是唯唯诺诺。我晚上研读古代经典和世界名著，白天一上班，我就把学到的都放下了，完全是两张皮。这种两张皮的日子过了三十年。"文革"开始，我被抄家揪斗。我对一个亲戚说："万一我有不测，请你照顾我的孩子。"他真不错，满口应承。他说："那是自然，孩子没有罪。"这话我一辈子都忘不了。我当时就想,我有罪吗?我的罪是什么?想来想去,夜不能寐,大概我的罪就是参加了革命吧?

"万章问曰,孔子在陈,何思鲁之狂士?……孟子曰,狂者进取……敢问如何斯可谓狂矣?曰,如琴张……何以谓之狂?曰,其志嘐嘐然,曰古之人,古之人,夷考其行而不掩焉者也。"(《孟子·尽心下》)行不掩言,就是言过其实。嘐音哮,赵岐注曰:"嘐嘐,志大言大者也。"一句话没说好就抓进监狱,动辄劳改十年二十年……在这种情况下,你连个狂妄自大,言过其实,眼高手低,大言不惭的嘐嘐然者,也找不到了。就是狂者,也不可得了,他们早就绝迹了。孔子曰:"乡愿者,德之贼也。"孟子说,乡愿是"非之无举,刺之无刺"。现在就连这种表面廉洁的乡愿,也找不到了。台湾的钱穆先生说:"今天的中国,老实说,全部政治都已外国化了。"(《中国史学名著》第150页)要说惨不忍睹,不会过分吧。马克思反复讲,社会生活条件和生活过程。这样的生活条件和生活过程,能造就一个什么样的人呢?我最佩服马世晓和张鑫。马世晓大学毕业以后十年之间没有户口,没有口粮,没有工作。张鑫上大学时被抓了个反革命,下放湘西的深山里监督劳动达十五年之久。他们怎么能熬过来。相比之下,我比他们的情况好多了。我始终都有工作,有一个温暖的家庭。所以,他们比我觉悟高,成就大。张鑫兄善草书，尤其马世晓兄，他是当今的草书大家。他才是真正的狂草。草书是书法中最难的。这也不是我说的，这话古来就有。"草圣最为难，龙蛇竞笔端。"要我说，狂草是书法的最高境界。这样说，也许有人不同意，但是，我没有办法让他们一定同意。

　　从前，领导曾批评我不听话。后来我极力学着听话，什么狗屁不通的话，我都得听。到我进入老年，回想过去，天哪！我未免太听话了吧。就说装洋蒜吧，硬装了四十多年哪！习惯成自然。恐怕它早已成了我当初绝没有想到的"自然"了。堂堂的林鹏，曾经是毛房的砖头，又臭又硬。但是，到老来，不堪回首。一切棱角都磨掉以后，我还是我吗？我内心尽量地将就俗人，只怕写出来的字他们不认识。忽然来个电话："你的字谁也不认识呵，这有一堆人，谁也念不下来……"我怎么办？我想骂他们，我敢吗？动不动你就受到一个深入骨髓的讽刺："您这是阳春白雪，曲高和寡呀！"等等。言外之意，你完了。好在他们还没有对我明确表示厌弃。这大概是我的俗，救了我吧。我有时候就想发个狠，放开手脚。聂成文说，放开写。这话很对。怎么放开呢？不是讲规矩绳墨吗？裹了几十年的一双脚，真要放开，不是更难看吗？从前有过一件漫画作品，把人放在蛋壳里，后来把蛋壳打碎了，人却变成了圆形的。我们，早就是残疾人了。在精神上，没人能外。

我们的生活过程是这样的，怎么能写出真正的狂草？这不在什么功力之类。"义武之道未坠，在人。"这样的人在哪里？"天下有道，圣人成焉；天下无道，圣人生焉。"假若天才真的生出来了，有人爱护他们吗？不会厌弃他们吗？山岩石缝里长着一棵虬盘老松，好看极了！它是怎么生出来的？它是怎么活下来的？恐怕是樵夫够不着它吧。当今社会，有权势的大斧够不着的地方吗？孔子说："父为子隐，子为父隐，直在其中。"《谷梁传》曰："十室之邑，可以逃罪；百室之邑，可以隐死。"总得有生存的空间，躲藏的地方，苟延残喘的余地……有吗？倚老卖老，敢说一半句凉话，我年轻气盛的时候，敢吗？我要养家糊口，我怕开除、怕下放、怕劳改……没有我不怕的。我没有见过皇帝。假若不幸我真的见了皇帝，我恐怕会尿了裤子吧。我怎么能做一个狂者？不是狂者，怎么能写出狂草？这道理很深吗？恐怕是很浅吧。正因为它太浅了，反而叫人说不清了。

如果再往下说，当然还有话，不过，狂言不宜过长。苔尧狂言，贤者择焉。我有时候莫名其妙地叹气，莫名其妙地落泪……自己也不知道是为什么。这大概是老年人的毛病吧。老年人的眼泪不值钱……我是保定人。保定解放五十周年，请我写一条字,最好是自作诗,我居然编出四句顺口溜:"万里长城万里情,万里征战一时雄。挨到暮年寻故地,泪不争气眼蒙眬。"人是很争气的了,只是眼泪不争气啊。狂言一则,读者指正。

2002年1月12日于蒙斋

艰难与独特

——回忆王萤

王萤去世了,朋友们都很难过。

我认识他是在1958年。那时,他刚从大同劳改队调回来。穿着一件破棉袄,长着一个蒜头鼻子,那形象是很可观的。然而他一下笔就令人惊叹不已。他的素描、油画、国画、书法、篆刻都非常好。我请教他画法,他说:"似与不似之间。"这是一句现成话。那时候人们都敬仰齐白石,自然也包括他的这句话。不过,既然"似"不好,"不似"也不好,那么它们"之间"的是什么呢?后来我问王萤,王萤说:"似就是真实,不似就是不真实;它们之间应该是既真实又不真实,其实还是不真实。"王萤是一个深藏不露的人。他的外表显得很笨,其实内秀,而且说话非常幽默。他的这句话,我后来几次回想起来都觉得好笑。其实也没什么好笑的。50年代,社会主义现实主义的口号下,报纸杂志关于"真实""典型性""人民性"等等讨论了许多年，读者不胜其糊涂。后来《神圣家族》出版，才知道艺术是人对客观世界的一种认识，只有正确与否、深刻与否，无所谓真实不真实。音乐上的真实是什么？绘画如果只要真实，那就不如摄影了。所以我很欣赏王萤的说话。

那几年，王萤的情绪很低沉。有一次，在我家喝酒，没想到他是个沾酒就醉的人。他说："在政治上是胜者王侯败者贼，在艺术上是庸俗吃掉高雅。这就是历史，这就是文化史……"我说："学习庸俗吧。其实，倒也容易学。"他说："只是不肯罢了，雅人绝不肯和庸人为伍，道不同不相为谋。这没有办法。"

我有一块石头，好像是艾叶绿，硬得很，我刻不动。我请王萤给我刻两方印，一方印文是"庸俗无聊"，另一方印文是"鸡毛蒜皮"，私心愿以此为戒。王萤去世后，我把这两方印章找出来，端详了很久。回想起在那些非常严酷的岁月里，到处是庸俗无聊的观念和鸡毛蒜皮的方法，至今依然令人不寒而栗。如果想抵制这些东西的侵蚀，实在是太难了。那时候对待知识分子，即使说得没说的了，还有"清高""骄傲"一类的可供批判之词，这什么时候都很现成。其实，即以清高而论，学都学不来，何用批判为。如果靠流氓无产者们来保持民族的自尊、自信，这恐怕是妄想。现在这些东西已经微乎其微，仔细想来也是其来有渐。

那一年，王萤戴着帽子被遣送回原籍监督劳动。他是很悲观的，我极力劝慰，说了许多不着边际的谈话，都是报纸上的，其实无聊之极。现在回想起来，同道之间交往，依然不得不使用报纸上的语言，这是很可悲的，简直不可思议。离别，王萤送我一本夏炎德编著洪琛序的《法兰西文学史》。我读书有些穷毛病，喜欢在书上胡批乱注。"文革"中批判我的"文艺思想"，并且追查我和王萤的关系。我就把这本书上王萤的图章和我的批语都涂掉，想以此掩盖"罪证"。我本来可以把它烧掉，或者当烂纸卖掉。做了这些手脚，是因为想把它保存下来，因为我珍视它。现在这本带有污迹的书摆在我面前，我觉得它就像一面镜子，反映着我在精神上曾经有过的残疾。这本书现在显得更珍贵了，它曾经跟随我去农村插队落户。

我在农村插队时，消息传来，说王萤死了。我想，他一定是自杀了。后来又传来消息，说不是王萤，是李玉滋死了。我着实难过了几天。写信询问详情，朋友们告诉说，都没死，还活着。我想，也许不会草草死去，该受的罪还没受完呢。

听说在乡下时，王萤的两个小儿子偷跑出去一次。他们听说邻村有个右派分子，大会宣布摘了帽子，他们不惮跋涉去打听这事是真是假。王萤是个"阶级敌人"。他本人不在乎，他的刚懂事的儿子们却已经有点承受不住了。我一向坚信，天才就像宝石一样，不仅最美，而且最硬，它能承受难以想象的压力。王萤居然没有死在那种重压之下，这使我坚信，他就是天才。

他是一个被践踏的天才,就像一棵被大车轧过或者被驴啃过的树,虽然艰难,但终于长大了。

大约是1960年,我在太原古籍书店买到一部刘刻本的《霜红龛集》。王萤借去看过。我们在一起时也常常谈论傅山,只是缺乏理解。当时我们能够欣赏的,只是傅山谩骂"奴儒"的那些话,诸如"死狗扶不上墙,啃人脚后跟的货"之类。这是因为那时"守定一半句注脚"的所谓专家学者到处都是,至于连"一半句注脚"都不懂的所谓批判者,更是多如牛毛。

80年代初,王萤落实政策回来,一见面就谈论傅山。他说:"我坚持宁丑毋媚的原则。"我很感动,赖有傅山,还没有被庸俗吃掉。1983年冬,我在山西书协一次学术讨论会上读了一篇论文《傅山论赵杂谈》。王萤在座。提到傅山的"宁丑毋媚",我认为,宁这样毋那样的说法,是从两个极端说起,在这两极之间的就是美,犹如中庸一样。孔子说:"不得中行而与之,必也狂狷乎。狂者进取,狷者有所不为也。"(《论语·子路第十三》)王萤不同意。他对我说:"丑和媚都是说的艺术美。这是两种互相对立的审美追求或说美学思想。它们属于两个时代,或说两个阶级……"他后来写了一篇文章,题目是《宁丑毋媚在书法上的时代性和美学意义》。这篇文章写得非常好,我看了以后非常同意。这两篇文章同时登在《书法通讯》第四期里,细心的读者一看便知,他是反驳我的,但是反驳得好。

王萤写道:"宁丑毋媚是书法艺术形式美从低格到高格的审美追求……是明末清初学风中进步倾向的组成部分。"它是"粗疏狂野的硬拙的不和谐美"。它非常独特,"不随人俯仰"。它必将"超越艺术门类的界限,成为普遍意义的规律和法则"。这些话写得非常精辟,非常有力。因为我们经常在战战兢兢、如临深渊、如履薄冰,所以我们的言谈颇多忌讳。其实,统治者们并不讳言他们是压迫人民的。压迫引出了反抗,这也不奇怪。"宁丑毋媚"的美学原则,实际上是无权无势的退隐山林的天才艺术家们对有权有势的宫廷里和官场上的庸俗艺术家们的反抗。他们居然敢于反抗,就是说大唱反调,所以,遭到仇视甚至屠杀,这也是势所必然的,虽然都在一个行当里。

我经常有一些脱口而出的荒唐论点,反正说过就忘,从来也不想起坚持它们。有一次,我说明清之际是中国的文艺复兴时期。出乎我的意料,王萤非常赞成。80年代以来,他写过好几篇论述明清之际的美学思想的文章。

有一次,我问他:"傅山的诗,'相如颂布濩,老腕一霍摩。''一霍摩'是什么?"他笑一笑说:"不知道。"我说:"我猜想可能是忽勒,俗话,忽勒几下,用在书法上就是尽情挥洒的意思。"他说:"很有可能,引俗语入诗文,这也是常有的事。不过,傅山的诗文吊诡特多,非常难懂。你看,'柔毫点主','点主'当什么讲,翻遍辞书,不得其解。"我说:"其实这是一个好题目，可以写篇文章。"他说："那你就写吧。写好先让我看看。"过了几天他就来取我的文章，我根本就没动笔。后来在他的督促下，写了一篇《点南释稿》。没想到，这种互相切磋的美好时光很快就成为过去了。

我在《点南释稿》中只是想探索永字八法以前的古典笔法，不敢更多涉及。有一次，王萤对《点南释稿》表示赞赏，然后他说："所谓笔法、笔墨，都是形式。着眼于形式，永远解决不了形式问题。形式是内容决定的。真正的内容是个性。我们需要的是鲜明的个性，独特的个性，豪迈不羁的个性……"他的话对我很有启发，我想写一篇文章，论述傅山的性格。我发现傅山是非常独特的，联想到王萤，他也是非常独特的。一则因为叙述傅山的性格非常困难，再则也因为没有人督促我，这篇文章至今也没有写出来。一个朋友，平时也未必怎么看重，但他去世之后，我们一次再次地想起他，这才真正感觉到他在我们心中的重要地位。

王萤的国画、书法和篆刻，颇有成就，这是大家有目共睹的。他在学术上的贡献尤为重要，其中有关《金瓶梅》的研究尤为突出。他是山东省临清人，他坚信《金瓶梅》的作者是临清人。他对语言、风俗、地名等等加以考证，证明《金瓶梅》的作者是明朝中叶临清的一位相当有名的才子。50年代，我研究过《金瓶梅》，后来放弃了。我听说他正在研究《金瓶梅》，便将我的香港版的张竹坡评刻本《金瓶梅》送给他，他高兴得不得了。然而，未等这些有关《金瓶梅》的文章正式发表，他就与世长辞了。他的心脏病以前发作过一次，山大二院王家玑主任亲自昼夜守护，终于得到挽救。这一次他太大意了，夜晚加班校改一篇文章的大样，累了，早晨他要去拿牛奶，一转身倒在墙根，猝然死去，一颗明亮的小星陨落了。虽然是一颗小星，依然在天边划出了一道鲜明耀眼的线。将来的艺术史家们和艺术收藏家们，总有一天会想起他、研究他，并且考查他凄凉的身世和艰难的历程，从而认识他的质朴的为人和独特的个性。

注：王萤同志（1927—1987），山东临清人，于中央美院毕业后，一直在山西省文联工作，曾先后担任编辑、文艺研究室副主任等职。近年从事美术理论以至文学研究工作，著述颇勤。他的文章曾在《美术史论》《晋阳学刊》《书法》及《美术耕耘》等处发表，颇多创见。他同时又是书法家、国画家，兼精篆刻。1987年年底，因突患心脏病去世。

荷花的品格

一

老年人们在一起总是谈论过去,特别是学有所长的老者,因为他们有一个"过去",一个丰富多彩的令人回味不尽的"过去"。

老画家李炳璜先生家里保存着一块调色板,这块调色板跟随他已经五十多年了。当年日军轰炸南宁,炳璜先生奔波于战火之中的时候,怀中一无所有,只有这么一块德国造的油画调色板。我认为这是李家最珍贵的文物,它凝聚着五十年前一个青年人对艺术的伟大理想。我甚至认为,将来的人们未必知道作为财务处长的李炳璜,却肯定会以极其珍重的态度研究和评论作为国画家的炳璜先生。

炳璜先生早年毕业于铁道学院,一生都在铁路部门工作,离休后依然住在铁路宿舍。他是一个业余的国画家。我主张业余,这不仅是因为我是一个业余的文艺爱好者。从前恩格斯在曼彻斯特的时候，白天因为业务关系和商人们周旋，夜晚写作他的异常高深的革命理论。这证明业余是可能的，并且对于文艺来说，我以为业余是应该的。

"文革"后期我插队回来，我们几个人形成了一个小圈子。炳璜先生和张颔先生是我们这个小圈子的首领。毋庸讳言，那时人们的情绪非常低沉，感到说不出的压抑。只有在这个小圈子里，我们才具有真实的自我。说得夸张一点，我们像燕市狗屠，歌哭无常，旁若无人。只是绝口不谈眼前的政治。

炳璜先生的外文非常好，他喜欢谈论印象派前期的画家们。我在这个小圈子里，聆听到许多高深的哲理，就炳璜先生关于艺术的谈论，使我受到深深的启迪。在他的影响下，我也学了一点世界史和欧洲美术史。以后我才知道，早期印象派的大师们都是穷困潦倒，终身处在饥寒交迫之中，其中一些人一辈子没有一个知己。他们在世时社会不承认他们，不关心他们，只有在他们死后才红起来。相比之下，我们感到幸福多了。我们的物质生活虽然低下，却有保障，工作之余还可以钻研业余爱好的各种课题。在书画创作上我们主张：二三好友，茶余饭后，高谈阔论，乘兴挥毫。

炳璜先生擅长画各种花卉。他的花卉功力深厚，格调高雅，有笔、有墨、有情、有致。我经常有幸观看先生作画。他的画法完全是传统的画法,但是画出来的东西却丝毫没有模仿他人的痕迹。他是独特的,绝不肯依傍任何人。这使我想起两句古诗:"北方有佳人,绝世而独立。"炳璜先生常说的一句箴言是:"走自己的路。"先生曾命我书写傅山的一句话:"幽独始有美人,淡泊乃见豪杰,热闹人毕竟俗气。"

炳璜先生喜欢画荷花,然而,他却没有"留得残荷听雨声"的闲情逸致。我曾经反复思考过,先生从来不画颓唐的残荷败柳,也不画娇媚的出水芙蓉。他的荷花笔力雄强,色彩浓重,仿佛正在狂风暴雨中挣扎,简直是一种即将粉身碎骨的样子。不过,她们终于挺过来了。她们遭受了数不尽的磨难,然而出乎意料地在磨难中得到了锻炼和成长。我曾经担心这种风格将来的人们也许很不容易理解,因为那种不可言喻的苦恼万状的时代,已经一去不复返了。再一想,宁肯让他们感到"不容易理解",却不能没有这种风格。我认为这正是业余画家的优越之处:他们没有宣教的责任,却在无意中表现了真正的时代风格,一种顽强进取的不折不挠的品格。

张颔先生说荷花是君子之花。他给炳璜先生荷花的题词是:"君子风度"。我想,这种出淤泥而不染的清高之士,确实是存在的。只有他们,才是中华民族传统文化的骨干,所谓中流砥柱。炳璜先生从旧社会过来,同反动的政治没有任何瓜葛,后来生活在极"左"的政治气氛中,却从来不肯稍事迁就。先生受到书画界的普遍敬仰,被尊为师长,引为挚友,这是理所当然的。

《美术耕耘》决定介绍炳璜先生的作品,主编赵荆同志让我写几句话,我很高兴借这个机会向炳璜先生致以崇高的敬意,并祝愿先生健康长寿!

二

以上是20世纪80年代初,应赵荆先生之命,写的一篇介绍李炳璜先生的短文,登在赵荆所主编的《美术耕耘》杂志上。

关于李炳璜先生,我有许多有意义的回忆。说起来,简直是言不胜道,如果写起来,那将是一大篇文字。其中有些令我终生难忘的事情,我当然有责任把它们记载下来。四十年前,有一次,李先生对我说:

"你是子路未见夫子,大有行行之慨呀!"

这不能算是很高的评价,但是,我认为这却是一个好评。我曾经反复考虑李先生对我这一评语,我认为他是真诚的。从来凤庄到石家庄(来凤庄位于朝鲜开城松岳山下,1951年7月,朝鲜停战谈判的会址,1951年10月以后,谈判地址改在板门店。来凤庄为六十五军军部驻地。对林鹏的第一次批判大会，1952年2月末在此地召开，由六十五军政治部主任陈宜贵亲自主持。石家庄即现在的河北省省会，1970年山西省机关干部学习班在此举办。某日第一连全体大会批判林鹏，因为林鹏骂了人），我曾经受到许多次大会批判，我认为没有一个发言者的发言是真诚的。

人和人的关系是很复杂的，而政治形势风起云涌，又是非常多变的。如此这般，人的言行，就很难说清了。其中不能说绝对没有真诚，即使有一星半点真诚，却也没有什么实际价值。李先生的话，不仅是真诚的，而且是有意义的，有实用价值的。我完全相信，他之所以这么说，是经过深思熟虑的。在这种大关大节上，我怎么能马马虎虎地对待呢？

我作为一个现实生活中的一个具体的人，我不能期望着出现一个当今的孔子。这是空想，即使孔子真的再生在当世，人们也不会承认。我应该怎么办？我再三考虑的结果，我只能降而求其次，只求得到一位当世的并且是我周围的我能巴结得上的近似圣人的人。我找到了张颔先生，就把张颔当圣人。这想法若告诉人，任何人都可能对我嗤之以鼻。所以我只能说是"近似"。其实在我心目中，张颔是一位不折不扣的圣人，这有许多事例，这里可以不必细说。我的这种态度和看法，决定了我在张颔先生面前的虚心，并且决定了我后来的受益匪浅。四十年来,在张先生指导下,我认真读了几本书,并且自以为尚有些许心得。这一切都是张先生之所赐也,然而溯本求源,则在于李炳璜先生这句话。

古语说,君子赠人以言。李先生者,真君子也。他爱画荷花,张颔先生说,荷花者,君子之花也。这就算是两位先生的夫子自况,亦无不可也。

三

若把李炳璜的嘉言善行都记录下来,那是不可能的。他的一些惊世骇俗的话,令人久久不忘。直到三十年后,在李炳璜先生去世之后,朋辈之间闲话时还常常提起,还在不停地赞叹着。这一切,都表明了一个出淤泥而不染的士君子的高尚品德,表现着中国传统的士君子文化的高贵品格。我十分赞美这些品德,我想学,但是我觉得不容易学得来。这些伟大的士君子们,是在广泛的师友们中间长期熏陶出来的,我这样鲁钝的人,一时半会儿怎么能学得来呢?

2001年春于狼牙山镇

回忆李玉滋

昨天（2007年2月12日）在一个团拜会上，华而实告诉我说，李玉滋作古了。我心中一惊，怎么回事？他说，心脏病突发，死在深圳。我一时难过至极。李玉滋前不久给我打电话，说画了不少画，自己很满意，颇有心得，他说："我要在北京美术馆搞个展览，并且有一整套的创作经验给大家介绍。"我一听，大不以为然，在电话上就同他争论起来。艺术创作哪里有什么经验可言，完全是凭灵感、凭才气，完全是偶然，偶然中的偶然，庄子所谓'循斯须'而已……什么理论，都是胡说八道；什么经验，都是瞎吹。我不客气地说："你给我老老实实画画，少胡吹！道可道非常道，可道者非道也。"

前几年李玉滋懒得要命，一提画画他的反抗性就来了，后来我想尽办法劝他画画，现在居然画了好多张，却要介绍什么创作经验。我大喊道："你过了头了！展览可以搞，预祝你成功，但绝对不以介绍什么创作经验，千万千万，沉默是金。"如今,他还没有办展览,就突然物故了,哀哉!

十几年前,王萤去世后,我写了一篇《回忆王萤》,发表出来朋友们看了都说好。李玉滋曾对我说,"我死了也给我写一篇,说定了,记住了!"我说这种事还能预约?一笑置之。这种往事,如今想来心中一片怅然。

1958年,我转业到山西,结识了三个"右派"分子,孙功炎、王萤、李玉滋,过往甚密。1959年庐山会议后,山西省人事局就揪住了我,说我是漏网"右派"……全局大会批判我十二次。刚转业就遇上这,真过瘾啊。我真急了。我气急败坏,在大会上我突然冒出一句十分反动的话来,我说:"希特勒说,即使世界上没有犹太人,我也会把他制造出来。"这话是非常恶毒的,说过我就后悔了。但是一言既出驷马难追,听天由命吧。谁知人事局的老"左"们竟然没有发现我这话的意思。我每次挨整,我爱人都非常清楚,只有这次反"右"倾,整了半年,她不知道。人生在世,有时候当个两面派,看来也是必要的。此类被批斗之事,对三位"右派",我也从未提起过,提它做甚,无聊。现在,事情已经过了四十八年,当年的"左"的右的也都死得差不多了,说说也无妨了。

我比李玉滋马齿稍长。我是一事无成,李玉滋却是一流的大画家。一个终身以绘画为职业的大画家,忽然厌恶绘画,十几年后又重回人间,就像回光返照一样,在生命的尽头,画了很多好画,自己非常满意的精品,这肯定是一个超级的艺术大师,这是不言而喻的。他是东北鲁艺毕业的,毕业后分配山西,不久就打成了"右派"。把他打成"右派",起了关键作用的,是我的老战友王奂。在李玉滋下放期间,我的印象里,王奂对他是很关心的,等到1979年给李玉滋平反时,王奂却一反常态,说不行。王奂两口子,异口同声说,别人可以平反,李玉滋不能平反,李玉滋是真正的"右派"。我听说后就找王奂谈这事,我说:"你怎么突然把老布尔什维克的劲头拿出来了?中国的布尔什维克们能承认你是布尔什维克吗?恐怕不一定吧。说着说着你就来劲儿了!"我这人爱着急,我同他猛烈地争论了一顿。我大喊道:"你才是真正的'右派'!"说过我又觉得不合适,我怕伤害了老战友。等情绪缓和下来,我说:"你好好想想吧,五七年的反'右派'斗争是错误的……"后来王奂思想转变过来,同意给李玉滋平反,并且出具了证明材料。一个李玉滋,闹得我和几十年的老战友不和……回想起来,怨我,是我不会说话。

　　李玉滋擅长临摹古代壁画,尤其临摹永乐宫壁画,可以说是一绝。他发明了一种新技术,满纸斑驳,古色古香,实在是妙绝。他送我一幅画,就是临摹永乐宫的"猴神",美极了!古典艺术的美是典雅的美,那才是真正的美。其实在艺术上用不着刻意求新,求新创新,新而又新,维新是从……狗熊掰棒子,随得随失，最后是两手空空……我这种话不合时宜，它永远不合时宜。

保守主义是文化的根，却是革命的死敌。从前，我认为山西特别"左"，文艺方面尤甚。改革开放以后，我任中国书协评委多年，有机会各地走走，才知道山西和全国一样，并没有什么特别的。"左"是时代造成的，是一种时代病。我们生在这样的一个时代中，能说什么？有人说"生不逢时"，也有人说"生正逢时"，都一样，没法说，不能说。李玉滋介绍我认识了袁毓明，袁毓明对我说："孔子曰，不能说。"孔子是曰，不能说孔子说。他着了急就是这句话："孔子曰，不能说。"袁毓明后来也成了我的好朋友，他原是《大公报》主编，打成"右派"下放山西，摘帽后安排在省文联任副秘书长，三十年前就去世了。众人给他的评价是一辈子没说过硬话，一辈子没做过软事。李玉滋也是这样，没说过硬话，没干过软事。李玉滋是巴黎沙龙美展的金奖得主……又能怎么？没法说，不能说。他到死也未能去巴黎领这个奖。

李玉滋后来厌恶绘画，一提画画，心中反感。他女儿在深圳，老两口常去深圳住。有一次李玉滋回到太原，到了我家，一坐就是八个多钟头，吃了两顿饭还不想走，说呀说呀，一会儿哭一会儿笑……后来我体会到，他在深圳没有谈心的人。他说到张一非对他怎么好，说着说着就落下泪了。他说到一个叫陈智明（大概是这么个名字，我不认识）的"右派"，他们一块儿烧锅炉，在掏炉坑里的灰时，灰烟呛鼻子。陈智明说："李玉滋你上来，我下去……这不是人待的地方。"他说到这里号啕大哭。又说到一个"右派"，老婆和他离了婚，后来领导和他谈话说："全家下放，明天走。"他说："明天走，就我一个。我已经离婚了。"到1979年这个"右派"落实政策回到机关，他老婆带着孩子来跟他复婚。有人说，这老婆不好……这个"右派"老婆大声说道："我才是真正的受害者！"众人哑口无言……说到这里李玉滋眼泪汪汪地笑着。

那次闲谈，令我终生难忘。李玉滋说，有个"右派"，下放农村，生活苦，农活重，都不用说，受不尽的侮辱，实在活不下去了，决心自杀。晚上来了一位贫下中农，看上他的被子了，抚摸着他的被子说："活着没意思，实在没意思呵……"这"右派"听清他的意思了，决定不自杀了，活下去，忍着，看着！李玉滋说："作家们编造各种故事，其实用不着编，谁能把这些真事写出来，我就佩服。"我想到，我们生活在这样的时代，有一肚子的话，能跟谁说。乔羽的歌词，"你像一只蝴蝶飞进我的窗口……"主持人反复问，他是谁？乔羽就是不说，给人印象，仿佛那是乔羽的情人，其实这就是一个下放干部。突然整队走了，不知去向，两年后一个人突然回来，三言两语又匆匆离去。诗人写出优雅的诗句，音乐家谱成委婉的曲调，歌唱家唱出动人的歌声……在一片荒凉的废墟上，开出来一朵蓝色的小花。我们这个时代太伟大了，所以没法理解，不好理解，它超出我们的理解力之外。

我今年虚岁八十了，我现在泪流满面地为比我年轻的人写悼念文章，我的心情之沉重，自不待言。李玉滋就像一棵小树，他们都是稚嫩的小树，迎风招展的可爱的小树。一棒打下去，打弯了他们的腰，他们一直弯到地上。多年以后他们才抬起头来，高高地扬着头，开出了他们所能开出的花，并且结出来丰硕果实。我由衷地为他们感到庆幸。

我老家的后山上有一棵矮小的柿子树。秋天，在它的瘦小残缺的肢体上结满金黄色的柿子，我一见高兴极了，我欢呼着，后来我却落了泪。

在昨天的团拜会上，我看见了李锐，看见了胡绩伟，看到了许多老年人，他们都讲了话，很好，我很高兴。我在内心中祈祷着，好好活着吧，活着，看着，有看头。

2007 年 2 月 13 日于北京兰堡

纪念王朝瑞

王朝瑞是美术界的一头牛，一头老黄牛，任劳任怨，孜孜不倦的老黄牛。我曾给他作过一首小诗："漫荒野地一头牛，清泉野草不用愁；风风雨雨随他去，自由自在度春秋。"可惜他只有七十岁就去世了，正是他艺术创作的高峰期。我正等待他创作出光辉业绩的时候，他飘然仙逝了。这令我无限哀伤，无限思念，心中说不出的一片茫然。

王朝瑞是我最知心的朋友。不论什么时间，也不管什么事情，说出来的想法是一样的，甚至于语言也几乎是一样的。有时好长时间没见面，有的人有问题去请教王朝瑞，然后再问我，他们发现我们说的一样，一点不错。他们说，这就是英雄所见略同吧。我说，这不奇怪，人同此心，心同此理，不期而遇，不约而同。此之谓略同。有一次，我甚至扬言，此之谓世界大同。

我进入晚年，喜欢胡说八道，"命中注定三不死，胡说八道老来风"。不管我怎么说，至少有一个人同意，他就是王朝瑞。

王朝瑞喜欢鼓吹"二三友好，茶余饭后，高谈阔论，乘兴挥毫"。他以为这是产生书画艺术精品的条件。有人就跑来问我，王朝瑞说，这是你说的，是吗？我说这是我和王朝瑞共同的认识，共同的说法。另外，我喜欢冷锅里冒热气，说一些热烈的凉话。我说过先结果后开花的话，是希望年轻人先做出一点成果，先入选，最好能得奖。然后再看书深造……王朝瑞认为对，见人就吹，仿佛我们都是反自然规律的胡闹人。回想起来，非常可笑。

王朝瑞说："时代变了，变得谁都不认识了。写字的人，写出来的不是字，但是仍然叫书法作品，莫名其妙。画国画的人可以不讲笔墨，甚至不要形象，说是意象，你怎么想象都行，想到哪儿去都行，实际上都是胡思乱想。把几件农具，锄头之类，随便扔到地上，这就是一张画儿，一张美术作品。今后的绘画也就不用画了。不但消灭了美术，同时也消灭了美术家。这就是现代化。突飞猛进到了这种程度，真的不好理解了。"我也有此同感，我只是没有王朝瑞那样深的体会罢了。

说到进入老年，王朝瑞有一次问我，什么叫衰年变法？为什么要衰年变法？这是在一次笔会上，我们坐在一起闲聊时他说的。我说，这问题太大，三言两语说不清。你现在已经进入老年，我告诉你一点，衰年必须变法，不然没有前途。现在我倒是八十多了，至于什么叫衰年变法，它的内容，它的方法，它的目标，其实我也不知道，我只是瞎嚷嚷。我瞎嚷嚷，别人不听，只有王朝瑞好忽悠，所以我非常想念他。有一次，深夜想起他来，难过至极……没有办法，我只好起来看电视，一直到天明。

王朝瑞喜欢笑。他从来不大笑，只是低声地深情地嘿嘿笑着。一个人，在一边嘿嘿地乐。他的这种乐法，特别具有感染力，有时候能引得人们重新掀起一场大笑。王朝瑞还有一项特长——学牛叫，一种低沉的深情的，老牛的叫声。他的学牛叫，有时能引得小牛儿跑过来追他、顶他，引得在场的人们惊奇地笑着。我再也听不到王朝瑞那低沉的深情的牛叫声了。他永远地离开我们了，那老黄牛，那孜孜不倦的伟大的艺术家，安息吧。

2011 年 3 月 25 日于东花园宿舍

秦始皇论

秦始皇二十六年（前221年），兼并天下，称始皇帝。在此之前，称秦王政。秦王政十三岁继位，二十二岁冠礼亲政。冠礼亲政以后他干的第一件事情，就是驱逐客士。李斯上书，谏逐客令，秦王政立刻就收回了逐客令。

李斯的谏逐客令全文都传下来了。我们仔细看他这篇著名的文章，他实际是不反对逐客的，他只是反对不分好坏（不辨忠奸）一律逐之（当时叫"一切逐客"）。秦王政根据"宗室大臣"们的建议，宣布"一切逐客"就是不对的，李斯上书后，他又一百八十度"一切收回"也不见得对。这至少不符合李斯上书的原意。

这就证明了秦王政是个粗人，粗人干不了细活。我甚至怀疑他是不是看了李斯的上书，如果看了，那就是没看懂。粗人不需要看懂什么。

纵观秦始皇一辈子刚愎自用，只有这么一次从谏如流。而李斯一辈子阿附取容,只有这么一次,敢于谏诤。他们二人,各干了一件本不属于他们的事情。我想,这里面一定另有原因。

我分析当时的情况,最为严重的问题,是上党的成蟜军已经叛变,而派去消灭成蟜的秦军将军是著名将领蒙恬,他是客士。他的父亲蒙武,自然也是客士,现在正带领大军驻扎东郡,既可威胁齐国,又可牵制赵国,使赵国不敢出兵支持成蟜。如果他们姓蒙的将领们知道他们在被驱逐之列,他们就很有可能转而支持"王弟成蟜",联合赵国甚至齐国,打回咸阳,夺取秦王政的王位。这是轻而易举的事情,简直不费吹灰之力。

秦王政想到这里,至少要吓得尿裤子了,所以听说李斯上书谏逐客,他就立刻收回了成命。

建议一切逐客的是谁,史书说是"宗室大臣"。这是谁们,我们发现在《史记·秦始皇本纪》中有以王绾、冯无择为首的新出现的六位大臣,这肯定就是他们鼓噪起"一切逐客"的。由这一切逐客的鼓噪看来,这些所谓宗室大臣们,也都是粗人。

这种粗人就好比粗石器。比如有一种粗砂石,也可以凿制成器皿,诸如喂猪槽、饮马槽一类。这些东西,虽然实用,却是不登大雅之堂,他们同庙堂之器不可同日而语。如孔子称子贡是"瑚琏之器"。史载,春秋末,鲁国最弱,孔子派子贡出访。子贡一出,搅乱了天下,摆平了列国,挽救了鲁国。荀子说,"秦无儒"。秦国不出这种东西。后世有过"关东相,关西将"的说法,这所谓"关西将",也只是粗人,正是白起、王翦之类。班固的《汉书·刑法志》说白起、王翦是"豺狼之徒"。这评价不算很高,顶多是粗石器一类。无可奈何。

粗人干不了细活儿。秦始皇一辈子没有干过一件细活儿。什么叫细活儿。这就是不但要有政策,而且要有界限。没有界限就等于没有政策。没有界限,那政策就是胡来。下面不敢不执行,只要一执行就要过火,这就是过"左","宁左勿右","没完没了的扩大化",没有不"扩大化"的时候。这太可怕了。

秦始皇一生干过两件大事,第一是削平六国;第二是焚书坑儒。这都是粗人干的粗活儿。

先说削平诸侯,这里面就有政策、有策略,有各种对待不同对象的具体界限。没有界限就跟没有政策是一样的。读者可以细读史书的有关资料,秦始皇对六国的王族、贵族和文武大臣,从来没有分别对待,没见过他安抚、照顾或者启用过一个六国的大臣或各种人才。他把六国宫殿制成图样,砖瓦木料拆除运回咸阳,在咸阳北坂上重建起来,钟鼓美人充之,却不见他起用一个六国的大臣。难道六国都是荒芜一片,只有钟鼓美人,绝无人才可用吗?

卢生批评秦始皇,"以诸侯兼天下"就是非法。这是很值得读者注意的。列国纷争，旷日持久，谁都知道天下要想太平，则必须归于一统。然而，"谁能一之？"孟子曰："不嗜杀人者能一之。"当时广大的士君子群体普遍认为，只有像大舜那样的人"匹夫而为天子"（《吕氏春秋》）才有资格统一天下。《吕氏春秋》说这样的圣贤应该出自"山林岩穴之中"。你秦王政以一个诸侯，有什么资格统一天下，以什么名义统一天下。诸侯相争等于狗咬狗，狗咬狗两嘴毛。你一个满嘴狗毛的诸侯，以暴易暴，杀人盈野，怎么敢自称天子？这至少在卢生看来是非常荒唐的。秦始皇也知道这个道理，所以他才暴跳如雷，立即下令坑儒。

再说焚书坑儒，这事件是世界历史中的大事。秦始皇以焚书坑儒开创了一个新时代，帝王时代，文字狱的时代，唯我独尊的时代。这事件来得非常突然，非常残忍，非常彻底。这三个非常，正是秦始皇的一贯风格，自然也是粗石器的标志。焚书是"守令杂烧之"，坑儒就不可能守令杂坑之吗？这都是在可以想象之中的事情。请不要忘记，史有明文："偶语诗书者弃世，以古非今者族。"偶语就不是一个人，族更不是一个人，人头纷纷落地，这是可以想见的。说什么区区"四百六十人"，那只是一个坑里埋了那么多的儒生。我一贯不相信秦朝公布的数字。秦始皇也知道美与丑，也知道成与败。成功的事情尽力夸大，失败的事情则尽力缩小，所以终秦之世，没一个数字可以相信。

秦始皇的这两件大事，都有他的"宗室大臣"的份儿，也就是以王绾、冯无择为首那六个人的份儿，都是粗石器。他们都干不了细活儿。在这些粗人之上，就是那个最粗的人，最大的粗石器——秦始皇。所以，秦之亡也是三个非常，即非常突然，非常残酷，非常彻底。

这是一种堕落，政治的堕落，历史的堕落。因为格雷森定律控制了政治，从而也就控制了历史，历史开始堕落。秦始皇创造了帝制，开创了帝制时代，帝制时代一直延续了两千多年。后世的小人得志，那是非当皇帝不可。历史进入到粗石器时代，历史的堕落有如万丈狂澜，无可挽之。所以唐甄说："自秦以来，凡为帝王者，皆贼也。"(《潜书》)

2012年6月1日于东花园

《咸阳宫》新版后记

要认清现代的中国,就应该首先认清古代的中国。关键是认清人,认清关键的人。现代中国的关键人物是毛泽东,古代中国的关键人物是秦始皇。秦始皇一生中的关键时刻,是他冠礼前后的一两年。《史记·秦始皇本纪》所载的"王弟长安君成将兵击赵,反,死屯留",以及与此同时发生的一连串大事件:暴乱,攻打祈年宫,战咸阳,尉缭逃亡,韩非之死,郑国被谗,燕丹亡归,樊於期奔燕,吕不韦罢相并在不久后被赐死,李斯谏逐客令,等等。这些事情不能说是小事情,然而从来的历史学家不予注意,无论通史、专史概不涉及……这是20世纪80年代初的情况,这也就是我决心写作《咸阳宫》的初衷。

对于一个历史人物,你可以说他伟大,也可以说他渺小,只要他确实干过一些事情,这就有他具有的历史原因和社会条件。这些叫做原因和条件的东西,其实也都是偶然凑集起来的,说不上什么必然性和必然规律。后来人给个什么想法,这是次要的,重要的是什么事情铸成了他的个性,进而铸成了他的功劳和罪恶。既然叫做功劳,就是人人都可以有望建立的;只有罪恶,纯属个性。所以我认为,要认清历史,首先应该认清个人,认清他的个性。功可以胡乱评说,个性却是确定不移的。这就是个人,这就是秦始皇。这就是我的《咸阳宫》的基本主题思想。

在文学上我反对玩弄技巧,这个主义,那个主义,陷没在永远说不完的公式化、概念化的泥沼中……我主张平铺直叙,不留悬念、不卖关子。《咸阳宫》服从基本的历史事实,没有什么叙事技巧可言,在情节上没有武打,没有性爱,没什么吸引人的描写。但是,只要是对历史有兴趣的人,只要是一个善于思考的人,就能看得下去。我首先是一个历史学家,其次才是一个作家。友人周宗奇说,关于司空马、黄羊角等人的下落应该交代几句。这个批评很好,我增加了两段文字。此外,有读者反映看不懂,于是才有此修订注释本的产生,对一些人物、事件以及重要言语的出处作了注释。如果有读者愿意深入一步,可以循此前去。

《咸阳宫》是我二十年前的作品。1985 年一年间,那年我五十八岁,还在上班。我至少干了二百个通宵。我叫这是"破坏性试验"。我想起伍子胥的话:"吾日暮途远,吾将倒行逆施。"没有计划，不列提纲，写到哪里算哪里，写成啥算啥。20世纪80年代初，我的思想仍然非常肤浅，这只不过是对70年代"批林批孔"的一个回应而已。北京出版社颇为重视，将《咸阳宫》列入精品系列。有些读者还是看懂了，他们的评论也还公允："布衣之怒""圣贤之心""仁者无敌""还在木鞋发呆哟"等等。那年在顺义开会时，徐本一先生对我说："你的黄鸟之思，赛过莎士比亚。"人们在生活中挣扎着、奋斗着，历史在自己的轨道上滚动着，蠕动着……有些震惊世界的大事件，事先绝对想不到的，事后才逐渐认识它的必然性，最后也只有兴一浩叹而已。那年9月6日，我到了北京，我看到了许多，思考了许多。我作了一首小诗，现在抄在这里："两千年下觅狗屠，宋意归来暗呼卢。亲朋好友浑如故，燕京依旧帝王都。"2005年12月写此后记，附在新版的《咸阳宫》之后。

七十八叟林鹏于太原

窦大夫祠观感

太原北郊上兰村,有个窦大夫祠,依山傍水,风景绝佳。院内古木参天,建筑朴雅,匾额上写着四个大字:"仁周三晋"。窦大夫是什么人?孔子说是晋国的贤大夫。

赵简子欲召孔子,孔子应召而往。走到黄河边上,听说窦大夫被赵简子杀了,孔子于是回车而返。他仰天叹道:"丘之不济此,命也夫!"我孔丘不能过黄河,这是命呵!古人提到命的时候,就是认了,那是毅然决然的。子贡问,为什么?孔子说了那几句有名的话:"刳胎杀夭则麒麟不至郊,竭泽涸渔则蛟龙不合阴阳,覆巢毁卵则凤凰不翔,君子讳伤其类也。夫鸟兽之于不义,尚知辟之,何况乎丘哉!"(《史记·孔子世家》)孔子认为赵简子不义。

窦大夫姓窦名犨字鸣犊,一般都是这么说的,字以表德,也说得过去。不过,也有人说这是两个人。《说苑》:"赵简子曰,晋有泽鸣,犊犨,鲁有孔丘,我杀此三人,则天下可王也。"《新序》说:"赵简子欲专天下,谓其相曰,赵有窦犨,晋有泽鸣,鲁有孔丘,我杀此三人,天下可王也"(佚文)《孔丛子》说:"夫子及河,闻鸣犊与窦犨之见杀也……"《汉书·古今人表》鸣犊和窦犨是两个人,在中上,赵简子在下上。《史记·孔子世家》说:"孔子闻赵简子杀窦鸣犊、舜华,临河而叹曰,美哉水,洋洋乎,丘之不济此,命也夫。"《家语》和《史记》一样。我们不妨姑且服从《史记》,赵简子是杀了两人,另一个叫舜华。当时孔子处境很危险,他只要一上船就完了,赵简子命令"中流则杀之"(《新序》佚文,见《三国志·魏志·刘广传》)。孔子回车而返,当天住到卫国的陬里,心情不好,援琴而歌,这就是著名的琴曲《陬操》(详见《孔丛子》)。

孔子对子贡(一说子路)解释说:"赵简子未得志之时,需此两人而后从政;及其已得志,杀之。"这是《孔子世家》的说法。《说苑》说:"于是乃召泽鸣、犊犨,任之政,已而杀之。"《国语·晋语》中记载着一段窦犨对赵简子说的话,他说:"臣闻之,君子哀无人,不哀无贿;哀无德,不哀无宠;哀名之不令,不哀年之不登。夫范、中行氏不恤庶难,欲擅晋国,今其子孙将耕于齐,宗庙之牺为畎亩之勤,人之化也,何日之有。"从这一段话里,可以看出窦犨之为人,堂堂正正,光明磊落。他认为"欲擅晋国"的范氏和中行氏,都是因为有野心,才遭到报应。他没有想到他面前的赵简子不仅是欲擅晋国,而是欲专天下了。历史上像这种对牛弹琴的事很多,也不好深责窦大夫。不过,赵简子如此野心勃勃,不可能一点蛛丝马迹没有吧,如果窦大夫毫无觉察,则是他的不智,如果他有所觉察,因此才针对性地说了上面这段话,则是他的迂腐。蠢牛木马是劝不过来的,那就是他的本性。仁义道德,谁不知道,只是不肯实行罢了。

一般人以为,只要让人说话,事情就好办了。好办什么?窦大夫倒是说了,冠冕堂皇,并且已经载入史册,那又怎么样?不久就掉了脑袋。难道赵简子是坏人吗?很难说。他的儿子赵襄子灭掉智氏,三家分晋,赵国日益强大,在历史上活跃了一百多年,至赵武灵王,胡服骑射,山东六国,独领风骚。

在这里我不禁想起了孔子的学生子夏。孔子死后,子夏教授西河,也就是晋国。战国的法家,都产生于三晋,可以说都是子夏的学生,或者他学生的学生。子夏晚年儿子死了,眼睛瞎了,怨天尤人,痛哭不止,因而受到曾子的严厉批评。这都是人人皆知的事情,而这就正是三晋文化的根。秦始皇一起手,先灭了三晋,其中他最恨赵国,曾亲到邯郸,把邯郸夷为平地,这都不必细说。

秦国能够迅速强大起来,也是靠法家政策,商鞅就是三晋人。所以秦国折腾得很凶,倒台也很快,二世而亡。历史就是这样,在精明人的手里,就这么糊里糊涂地发展下来。要说有规律,似乎也没有;要说没规律,似乎也有点,就看你怎么看,怎么说了。

三晋欲专天下的霸道思想,并不从赵简子开始,在晋文公时就形成了。晋文公即位第二年就想用兵中原称霸,子犯说民不知义,于是纳周襄王以示义。晋文公又想用兵,子犯说民不知信,于是伐原以示信。晋文公说可乎?子犯说民不知礼,于是大蒐(检阅),令民知礼,最后一战而霸。(详见《晋语》)在这里,信、礼、义等等,不是道德,而只是策略,可见不是真的。因此说法家都产生于三晋,绝不是偶然的。孔子说:"晋文公谲而不正,齐桓公正而不谲。"(《论语·宪问》)谲者,诈也。呜呼,良有以也。

不过,话又得说回来,孔子知道认命,知道君子讳伤其类,知道择主而事,所以非常聪明,非常伟大。窦大夫能说真话,掷地作金石声,不怕杀头,所以虽然不太聪明,却也十分伟大。至今还有窦大夫祠留在人间。山西人不简单,随你历史情况如何,他们尊重自己的乡贤,念念不忘窦大夫。赵简子的祠堂在哪里?没有。乡民们到现在只知道有个窦大夫,不知道赵简子是何许人也。

据传说，日本鬼子打到太原，问窦大大祠在哪儿？太原人说不知道。也许他问的那个太原人就是不知道，也许是知道不告他……也许就连这打问窦大夫祠的事，也是瞎编的。不过，怎么不编别的，偏偏编个窦大夫祠呢？

人们的记忆就是历史，称王称霸的英雄人物们，轰轰烈烈的不可一世，总归也都过去了，到现在留在记忆中的，只有一个真正的士君子、贤能的窦大夫。他的死，标志着阴谋家野心家控制了历史。孔子没死，真是不幸中之大幸，孔子作《春秋》，乱臣贼子惧。

战壕里的民谣

说起"大跃进"中粮食大大减产,民歌民谣却大大丰收,也算历史上的一个奇景。

每次说到那些民歌民谣,大家一笑了之,一首也没有流传下来。我曾经从战争中走过来,所以总是忘不了战争中的情景。当然我也从儿时走过,自然也忘记不了儿时的情景,包括早年乡间的民歌民谣。

现录一首民谣如下:

咯咯咯儿,鸡鸣起,
添上锅,下上米,
东庄儿,借笊篱。
一去杏儿青,回来杏儿黄,
想摘一个尝一尝,家里又挺忙。

这是一个山庄上的小媳妇儿,早晨起来所做的事情。猛一听很可笑:杏儿青时去的,杏儿黄了才回来,她去了总有半个月吧。又说,想摘一个尝一尝,家里又挺忙,有这么忙的吗?着实可笑。

有人解释道,她是往东走,"东庄儿,借笊篱",当时太阳将出未出,往上一看,杏子都是青色的。待她回来时是往西走,朝霞映得杏子仿佛黄了。这样一说,人人都可以明白了,明白了民歌、民谣的优美和真实,以及它的逗人和含蓄。

我很喜欢这支民谣,没有想到它居然能流传到了我们的战壕里。那个连队,大部分是我的老乡,狼牙山下,易满徐一带的人。

这个连队出了一个有名的战斗英雄,是个排长,他叫夏明清。他的英雄事迹很多,有好几个宣传干事和记者都报道过他的事迹。后来在一次防御战中,他被炮弹击中了。一个战友叫李满斗的,把他背下来,进入一个防空洞,把他放在一个草袋子上靠着。李满斗喊着:"排长,排长,你要挺住,担架马上就到。"夏明清低声对李满斗说:"一去杏儿青,回来杏儿黄。黄了,满斗,都黄了。"他说完,不一会儿就停止了呼吸。

后来有一次,我到这个连队,见了李满斗,很自然地也就说到夏明清死的时候的情形。他说:"有一个新华社的记者,他问我,夏明清牺牲前的情形,我对他说了,'一去杏儿青,回来杏儿黄','黄了,都黄了'的话我没说,那记者也都记在他的笔记本上了。可后来见到他的报道,说夏明清临牺牲时说,'毛主席万岁'。林干事,你说这对吗?不对吧?不真实呀!夏明清是个有思想的人,是个有远大理想的人,就这么写他,那是他吗?这是为什么?只是为了宣传鼓动吗?"

我说:"也许吧,大概是吧。"我又说:"我不知道。"

1970年10月,一片纸上所记

回忆樊金堂

樊金堂去世了,我心里很难过。回想过去……

那是1973年,一位老首长对我说:"咱们晋察冀有个有名的战斗英雄,叫樊金堂……去延安学习,以后到了东北,现在在辽宁。他挨了好几回整,目前下放某地,想回山西来,你帮个忙,把他调回来吧。"我说:"行。"会上研究通过,然后发个函,不久,这人就带全家回到太原。

人回来了,情况也逐渐清楚了。支"左"的军人们背地里嘀咕,说我调回来一个"坏人"。我不放心,就问那位老首长:"听说他蹲过监狱……"他说:"扯淡!运动当中态度不好,抓起来的……他从来没有态度好过……哈哈。"

樊金堂回到太原三个月不能分配,后来他知道这些情况,直奔北京,去找他的老首长们。他人还没回来,电话就来了。当时的省革委员会主任过问此事,指示:"妥善安置。"支"左"的军人们顶不住了,同我商量怎么安排,我说:"好办。"樊金堂抗日初期就是县大队的大队长，到70年代才只是十六级，一次会上决定，安排在省测绘局任办公室主任。

他回来以后，我们才认识。我的老首长曾经多次向我讲述樊金堂的战斗故事。我同他认识以后，便常常问他，我是想检验一下老首长说的是否真实。现在要从头说那些战斗故事，读者也未必爱听，再说我也不善于描写。我曾经想过，边区的著名作家不少，怎么没人写樊金堂呢？有个朋友对我说："如果写樊金堂，那是宣传什么呢？"我一时回答不上来，他继续说："宣传，宣传，不要忘记宣传……"我说："宣传抗日还不行？"他说："正是抗日，不能宣传……"我不能说服别人，只好说服自己。我说宣传抗日，也是顺着"宣传"的竿儿爬……文学是人学，它应该着眼于人。多年来，见物不见人，记吃不记打，呜呼哀哉！

樊金堂本质上是个侠客。他年轻时剽悍得很。他的大队最善于行军，尤其善于夜行军。他说打哪里就打哪里，三十里五十里，转眼就到，说拿哪个据点，手到擒来。搞得日本鬼子顾此失彼，焦头烂额。认真说来，日本鬼子也向他学习，学会了长途奔袭。

有一次，军区抗敌剧社在某地演出，日本鬼子六十里奔袭，两路包围。聂荣臻司令员立即命令樊金堂大队去解围。电话上说:"把演员们都抢救出来,一个不能损失!"樊金堂的大队跑步赶往出事地点。他要求他的战士们:"男演员一个战士拉一个,女演员跑不动,背也要把她们背出来!"他们赶到时,日本鬼子的包围圈已经合拢。他们冲进去,把演员都救出来了。那真是枪林弹雨……日本鬼子也蒙了。他们绝没有想到,樊金堂会有这一手,他真敢往包围圈里头冲……所幸,演员没有损失。他当时的警卫员叫张培华,我们不久也认识了,他对我说:"老林,那场战斗,我背出来一个女演员,她就是胡朋。"张培华是个典型的中国农村青年,淳朴、腼腆,招人喜欢。晚年他耳朵背,可是喜欢跟人说话。他听不清别人说什么,只为自己的话哈哈地笑。我常想,现在的农村里,已经不大见这种青年人了。

别人打日本鬼子,樊金堂也打日本鬼子。樊金堂把日本鬼子打得心服口服,自称"朋友"。当时驻军定襄县一带的一个日本联队长,相当于团长,叫什么,樊金堂说过,我忘了。这位联队长也是突发奇想,忽然给樊金堂写了一封信,说:"非常佩服樊大队长,想同樊大队长见一面,不知能否垂允?"这一类的话,倒也十分客气。樊金堂的豪爽气概一下子就表现出来了。批其信尾,说:"愿奉教。"定了时间、地点,最后是:"在下恭候,樊金堂。"在约定的时间,那联队长带了一个翻译,不带武器,真的来了。战士们问:"来了两个鬼子,打不打?"樊金堂说:"别打哟!人家这是客人,咱们要以礼相待。"两人见面,互致敬礼,握手言欢,然后就在农村茅舍里的土炕上分宾主落座。

那联队长首先说了一大套如何敬佩樊大队长的话……樊金堂忙命炊事员炒几个菜。我问:"都是什么菜?"他说:"就是炒鸡蛋,炒豆腐,记得有个炒干豆角,别的记不清了,当时也没有什么特别的东西,有啥算啥。"我说:"喝的什么酒?"他说:"白干。"两个人除了不谈打仗的事,别的什么都谈,主要是互相问候,家里有几口人等等。根据樊金堂的描述,我猜想这位联队长很可能是个绅士,很有派头,文质彬彬,翻译说他懂中文,熟悉中国古代典籍。而他对面坐的樊金堂,却是个典型的中国农民。家庭成分中农,父亲是乡村教师。樊金堂身板粗壮,异常憨厚,初中毕业,不善言谈,只是说:"今日相见,万分荣幸,请喝酒,请用菜……"翻译问:"联队长请问,樊大队长娶媳妇没有?"樊金堂脸都红了。那时候他才十九岁,还没有结婚。

认真说来,这是抗日战争史上一个非常生动、非常深刻、非常独特的场景。一个日本绅士同一个中国农民,打得不可开交,又抽空儿坐下来,互相敬酒,开怀畅饮。翻译说,联队长深通中国的历史、地理。这种所谓的"中国通",全世界到处都有。他们了解中国的各种东西,就是有一样他们不了解,这就是中国的农民。所有到中国来的外国人,他们只看到了码头上的中国苦力,却不了解东方亚细亚生产方式下的农民。他们最终都败在这些淳朴农民的手里了。所有外国的东西,概莫能外。这种农业文化的柔软的刚强,或说刚强中的柔软,说来无比神奇……西方的东方的帝国主义们,怎么能认识这种高级事物呢?

联队长临分手时,说道:"樊大队长,有什么需要,兄弟一定帮忙,一定尽力。"樊金堂实际上是有点开玩笑的意思,他说:"我需要一挺歪把子机枪,两箱子弹。"联队长说:"一定办到。"在双方激烈的战争之中,开这种玩笑,古今中外是不多见的。谁知那联队长一言九鼎。隔了几天,前沿哨所报告说:"有两个鬼子,带着几个民夫,打着白旗,进山了。"樊金堂命令道:"既然是打着白旗,就不要打。看他们是来干什么的……"进山来才知道,两个日本兵,轮流扛着一挺日本造的歪把子机枪,后边四个民夫,抬着两箱子弹。樊金堂收到这些东西,高兴极了,嘴里不停地说着:"够朋友,够朋友。"请两个日本兵吃完饭,樊金堂写了一封意思是"收到了"的回信,交给两个日本兵。那两个日本兵用半生不熟的中国话,说了半天才把意思说清:"联队长的命令,把东西送交樊大队长,就不用回去了,算我们逃亡了，真要回去，是要被枪毙的……"这把樊金堂给难住了。后来才想起来，把他们送到军区。电话上聂司令员说："这么大的事情，你樊金堂既不请示，也不报告……"樊金堂嘿嘿一笑，后来对人说："一个日本人想见我，这有什么可报告的。"这种事在他来说，好像稀松平常。

聂司令员非常喜欢他，很关心他，想培养他，就把他送到延安去学习。樊金堂参加革命，就是为了打日本鬼子。延安没有日本鬼子可打，只好安心学习。正赶上边区开展大生产运动，他劳动积极，表现好。后来看到他老实可靠，枪又打得准，就叫他去跑运销。他腰里插两把驳壳枪，一个人押运着十几头骡子，北走包头，西闯兰州。路上土匪甚多，别人经常出事，他从来没有出过事。我问他："你怎么不出事？"他说："我没碰上过，真要碰上，自然是凶多吉少。"他总是喜欢把事情往平淡里说，在他嘴里没有惊险事情。不过，我想这很可能是他威名远扬的缘故。当时没有见过他的人，也知道有个樊金堂，厉害。学习完，任命他为后勤部长，师的架子，日本投降后开赴东北，便成了一个军，他依然是后勤部长。

有人告诉我，行军路上，他看见一个放羊的老汉正蹲在路边抽烟，他装好一袋烟走过去："老大爷，对个火。"把烟抽着，他也蹲下了。"老大爷，光景怎么样？"老大爷就哭起穷来。他一回头喊道:"通信员,从骡驮子上拿一捆票子来。"他把那捆票子放到放羊老汉的脚前,说:"改善改善吧。"

也是这次行军,从他家乡过,正好赶上一个庙会。听说樊金堂回来了,人们不看戏了,全部跑去看樊金堂。樊金堂的豪侠气概又上来了。庙会上有一排溜饭棚,他对卖饭的说:"凡是看樊金堂的,都管饭,最后我给结账。"那次事情闹大了……反正也不怕,他是后勤部长,有钱。碰上一个小学同学,又是老战友,当时是县里的干部,觍着脸对他说:"金堂,我看你的手枪特别好,我挺喜欢,送给我吧。"樊金堂说话不打磕:"拿去吧。"听说那次荣归故里,光手枪送人好几支。这种事情,严格地说,拿公家的财物,随便送人,不能算对。不过从前的人,同后来的人不一样,可以说大不一样。从前的人,不俗。不像后来的人们,针头线脑,上纲上线,没完没了……像樊金堂这事,在从前,就是首长知道了,骂一声:"他妈的樊金堂,胡闹!"也就过去了。那时候人们甚至传颂着樊金堂的这种严重违纪行为,哈哈一笑完事。那时候人们都有点豪侠气概,都是英雄。樊金堂是这遍地英雄中的大英雄,是鸡群中的鹤。后来人们变了,变得琐碎无聊。有一次在闲谈中,樊金堂以平静的口气说:"都是小人。"我听了这话就想,君子都到哪去了?所谓农业文化的优势,就是道德。把道德丢掉了,这就像一个人掉了魂儿一样了，连他是谁，他也不知道了。

事情总是朝着日益严重的方向发展。新中国成立后第一个运动是"三反"运动（反对贪污、反对浪费、反对官僚主义），樊金堂身为后勤部长，自然是在劫难逃。各种严刑吊打都来了……他贪污的数字加在一起大大超过了他们部队的装备和给养的总和。

定襄的一位老革命叫周铭，我问他："樊金堂究竟贪污没有？"他说："他贪污个屁，他连两条裤子都不趁。"就是周铭同志给我讲了上述的，庙会上给人开饭和送人手枪的事。周铭最后对我说："他是个侠士。你听说过这种侠义之士吗？他就是有万贯家财，他也敢都送了人……"

此后的历次运动，都跑不了樊金堂。樊金堂就是假装老实，最终还是态度恶劣……一次一次，变本加厉。樊金堂命大，开除、下放、坐监、劳改……总算没整死。他的身体好，依然故我，威风不倒。这事情我仔细考虑过，他没有被整死，同老首长们的关怀、爱护是分不开的。他毕竟是个有名的战斗英雄……再说群众的眼睛是雪亮的。像樊金堂这么一个生活俭朴的人，他贪污那么多东西干什么……不过，群众也恨他，主要是恨他态度恶劣，据说是非常恶劣。

三中全会以后，组织上主动给他落实政策，职务改为太原市市政管理局局长。定襄县的老干部特别多,级别都很高。例如范儒生、梁寒冰、周铭、郭高兰等等。有一回,他们一块儿回到了故乡,住在定襄县招待所里,一天院子里忽然人山人海,水泄不通,一问才知道,是来看樊金堂的。在故乡人民的心目中,他是一个传奇式的英雄。其他的老干部,虽然级别很高,不在话下。

他晚年,喜欢吊儿郎当,爱喝酒,爱下棋。有人告诉我说,他看见樊金堂蹲在马路边,跟人下棋呢。我的棋艺,应该说比较臭的。他的水平跟我不相上下,所以他喜欢找我下棋。

有一次,他老伴儿路明对我说:"老樊下乡去了。这回他一时半会儿回不来,我给他带了十五条烟,足够他三个月抽的。"谁知刚过一个月,他就回来了。我一见吃了一惊:"怎么这么快就回来了?"他笑一笑说:"没烟抽了。"我说:"路明说给你带了十五条烟,这么快就抽完了,怎么抽的?"他笑着说:"我当队长,一开会,拿出烟来大家抽……"豪气不减当年,真是禀性难移。

最近几年,见面不多。他老了,我也老了,懒得动弹。忽然听说,老樊病故了,我难过极了。我老伴儿急忙买来挽幛。深夜,我写了:"伟大的民族英雄樊金堂同志永垂不朽!"说实在的吧,我当时是泪流满面。第二天,我和老伴赶去,一同在老樊遗像前三鞠躬。我的心情非常沉重。说什么"时代造就了英雄",当然不能说这话不对,不过,大家都是从那一个时代走过来的。怎么只出了一个樊金堂?

老实说吧,英雄人物的高贵品质从来都没有真正被人珍视过。把一切光荣伟大都归于抽象的时代,这对吗?谁知道,也许是对的吧。

樊金堂逝世于定襄县。听说给他送葬的有好几千人,许多老汉,七八十岁的人都哭了。他们哭什么?我猜想,他们是哭过去的历史,历史结束了,昔日的光荣早已灰飞烟灭了。

蒙斋遐想录

一

自从有了皇帝之后,就再不能说没有皇帝的话了;自从秦始皇焚书坑儒以后,就再不能说没有焚书坑儒的话了。

二

历史是前进的,永远无法退回去。历史的包袱是越背越重,但是,对历史的认识,是越来越清楚。

三

走夜路的人知道:前面一棵小树,你把它当作人,甚至还同它说话:"喂,那是谁?哪村的?"走近一看原来是一棵小树。从此,你再也无法把它当作人,再也不能同它说话了。人类的认识过程也是如此。

四

亲娘也打孩子，后娘也打孩子。亲娘打得不疼，后娘往死里打。这就不要埋怨孩子对亲娘不记仇，对后娘记仇了。人同此心，心同此理。这就是《诗》云"岂弟君子，民之父母"的本义。扩而充之，以致"三无私"："天无私覆，地无私载，日月无私照。"

五

外来文化，要经过一番特殊的消化过程。吃了羊肉长羊肉，吃了狗肉长狗肉，那还算个人吗？生搬硬套，畜类不如。

六

文化问题非常复杂，但是，真理都是简单明了的。自从有了皇帝以后（应该从秦始皇算起），占统治地位的文化，就是帝王文化。

七

朱元璋想把孟子从文庙中驱逐出去,后来又删削《孟子》一书,可惜都没成功。不过,明清两代科举试题,都出自"四书五经",却没有任何考官胆敢以朱元璋所删内容为试题。

八

当世界各大宗教产生和发展时,中国却没有宗教。中国古代的圣贤们的社会理想是建立道德社会,因此不需要宗教。道德就是中国的最高信仰,具体说就是"三不朽":"太上立德,其次立功,其次立言。"

九

各种宗教都可以到中国来传教。中国是最开放的国家。中国人对宗教不甚认真,平时不烧香,临时抱佛脚。在中国人看来,任何宗教都没有"三无私""三不朽"更具凝聚力。

十

已经在西方没落的宗教,如祆教、景教、摩尼教等等,都可以到中国来传教，受到帝王的保护。但是，有一个最重要的领域，任何宗教都未能渗透进去，这就是科举试题。此点历史家们从不提起。

十一

有了刘邦，有了朱元璋，话就好说了。所谓帝王文化，不过就是流氓文化。帝王本人不是流氓出身的，照样继承这个传统。

十二

古代城市的小市民、市侩、流氓无产者，构成流氓文化的社会基础。凡是帝王所需要的，诸如打手、妓女、奴才、总管、野心家、马屁精、诬陷者、背叛者等等，都由此产生。

十三

认真思考一下秦始皇为什么焚书坑儒，以及焚书坑儒的后果（请不要忘记后来的文字狱），一切问题就都清楚了。

十四

诸子蜂起,百家争鸣。春秋无义战,战国无忠臣。不臣天子,不友诸侯,不食嗟来之食,证明了士的觉醒。众经诸子是士的文化。后世同帝王文化对抗的就是士文化。

十五

历史上的士文化,就是抗争文化。谁敢抗争,谁就有成果。谁抗争得巧妙,谁的名气就大。笨拙的遭受迫害,不敢抗争的遭到唾弃。

十六

自从有了皇帝以后,小人得志必做皇帝,英雄得志必做秦始皇。一旦做了皇帝,只关心两件事:一、穷极饮食男女;二、追求长生不老。为此,一保密,二保卫。此二者可谓生命线。秦始皇发现李斯减车,因此杀死所有从者。保密如此重要,保卫如此残酷。

十七

帝王文化的内容是帝王思想（大一统加个人独裁）；帝王文化的特点是酒色财气。仔细想来，秦始皇的一切，都是酒色财气。

十八

从秦始皇的燔诗书、愚黔首开始了日益强化的愚民政策。保密制度是愚民政策的标志。

十九

历史发展往往取决于偶然事变。小人得志都是偶然事变造成的。历史上总是小人得志，给人一种印象：仿佛这就是历史的必然。

二十

红颜薄命，是因为无耻之徒追得最凶，最终得手。历史永远是薄命的红颜。她从来没有过正常的生活，也从没有进入过正常的轨道。她表现出来的可怜的样子，也不是她本来的面貌。

二十一

中国历史悠久,文化遗产丰富,来龙去脉,条理分明,容易认识,容易理解,不同于西方。囿于西方的各种观点、概念,所以总说不清中国的事情。

二十二

中国古代文化是独立发展起来的,同外国不可比,没有可比性。中国近代史是在世界近代史的影响下形成的,亦步亦趋,休戚相关,身不由己。中国先秦史是主动的、辉煌的;中国近代史是被动的、可怜的。

二十三

汉代"罢黜百家、独尊儒术"的儒,不是真儒,是"王霸杂之"的"术",即外儒内道的"术",是帝王文化的帝王之术。

二十四

期王得王,期霸得霸。王道与霸道水火不相容。汉宣帝说

"王霸杂之",实属骗人,水与火谁能"杂之"?

二十五

孔子"祖述尧舜,宪章文武",鼓吹王道。孟子说:"仁者无敌,王请勿疑。"可见"仁者无敌"是一句古语。"仁者无敌"是古代文化的结晶,众经诸子的精髓,是先秦士文化的最高成果,是后世士人们的政治理想。

二十六

中国古代没有西洋那种思辨性质的哲学。中国古代的哲学就是《周易》。《周易》是中国古代的历史哲学、政治哲学和人生哲学。《周易》的思想就是"仁者无敌"。

二十七

孔子卒,儒分八派,于是有诸子蜂起。汉人将其分裂为十家,后人囿于门户之见,不能求大同存小异,做统一综观。若求大同存小异做统一综观,则只有:人,仁,仁政,仁者爱人,仁者无敌。

二十八

帝王文化要求歌功颂德，溜须拍马，越过分越好，越没边沿越好，越不知羞耻越好。"皇帝圣明，臣罪当诛。"身居宝座者则安之若素，直到临垮台时，也依然是莺歌燕舞，太平盛世。

二十九

流氓文化的特点是：没有过去，没有未来；只顾眼前，不管其他；说了不算，算了不说；说过的话，做过的事，过后不准提起；只有眼前的权和利是真实的。权、利就是一切。不过也毋庸讳言，他们的权、利是盗窃来的，是赃物。

三十

宝座具有无边的魔力，无论多么优秀的人，一旦坐上去，立刻就变质，变为庸俗不堪的小人。

三十一

流氓无赖当权，就像个茅屎坑，苍蝇蛆虫挤成堆，正人君子逃入山林。朝廷之士未必入而不出，山林之士确是往而不返。

形成对抗，永远如此，无可奈何。

三十二

"道之以政，齐之以刑"，是为霸道；"道之以德，齐之以礼"，是为王道。"道之以政，齐之以刑"，冤案不断，人人自危，惶惶不可终日，"民免而无耻"。"道之以德，齐之以礼"，仁义为重，邪不压正，人人自尊自爱，于是"有耻且格"。朱熹注曰："格，正也。"

三十三

自从有了皇帝以后，王道衰微，诈术盛行，只把儒家的经典作为装饰，有如珠宝玉器和华丽的衣着，以致山林之士连儒家经典一并唾弃之。

三十四

认识偶然事件，比认识必然规律难得多。偶然因素是人，是个性，是事实；而所谓必然性、必然规律，则只是人为的概念。概念可以调整，一部欧洲哲学史就是调整概念的历史。

三十五

历史长河中充满了人物和事件,纷纭错杂,不见端倪。历史家们就像进了无边无际的大森林,往往迷失其间。必须找出最重要最关键的人和事,历史才变为可以理解的。我认为,中国古代史中最关键的人是秦始皇,最重要的事是焚书坑儒……

三十六

习惯成自然。善习、恶习都可以成为自然,于是性有善有恶。流氓无赖,流氓成性。流氓文化,无论怎样粉饰装潢,其流氓性至死不变。

三十七

20世纪是一个革命的世纪,是一个批孔的世纪,还有,是一个阿Q运动的世纪。社会在前进,虽然很慢。过犹不及,欲速不达,无可奈何。

三十八

汉字是最可珍贵的中国文化遗产。汉字的科学性无可比拟。

吴宓说:"爱国者必爱其国之文字。"谩骂汉字是近百年来殖民主义者的家常便饭。

三十九

只有中国古代有隔代修史的制度,这一制度具有无比的严肃性;只有中国古代有谥法的制度,这一制度同样具有无比的严肃性。

四十

历史学家只关注最基本的历史事实。例如:是秦始皇活埋了儒生们,还是儒生们活埋了秦始皇。除此之外,都是闲话。

四十一

历史的发展,社会生活的进步,都是一个循序渐进的过程。抱残守缺或者追求突破,都是对循序渐进的拒绝,都会受到历史的惩罚。

四十二

春秋战国的士人,都有五亩之宅,他们便成了最早的自耕农。与此同时便出现了不臣天子不友诸侯的隐士。农业的个体性,确立了个人的独立和尊严。这就是"仁"的基础。

四十三

中国自远古以来就是农业社会。中国古代文化的基础是个体农业。个体农业产生了士文化。个人的自由和尊严是士文化的灵魂。

四十四

孔子发现了人,创立了仁学。这就是古代民主理论的根本。西方叫"天赋人权",人权是上帝赋予的。中国没有上帝,中国就是人。人本身就具有尊严,具有权利,当涉及第二个人的时候,就具有义务。这就是仁。

四十五

古代的天文、律历、甲子以及音乐理论,都基于数学。这些成果非常伟大,非常神秘。其中许多奥秘,今人也未必解得开。于是,为了掩饰自己的愚蠢,就把古代看成一片混沌。

四十六

在帝王文化的高压之下,思想发展史实际上只是思想退化史,文化发展史只是文化退化史,不过如此而已。

四十七

特立独行之士总是受到迫害,这是必然的,也可以说是正常的。但是,薪尽火传,士大夫文化在曲折的道路上艰难地前进着。

四十八

与其追求未知的东西,不如审查已知的东西。与其创造全新的东西,不如探讨原有的东西。庄子教人思索已有的知识。

四十九

殷纣王说:"不有天命乎。"秦始皇鼓吹"宗庙之灵"。帝王思想的核心是迷信。帝国需要神,帝王们都想变成神。

五十

全社会的奴隶化,是全社会崩溃的真正原因。短暂的秦朝就是如此。

五十一

正像欧洲思想界始终没有达到古希腊圣贤们的高度一样,后世的中国人也从未达到春秋战国圣贤们的高度。

五十二

我读马列和毛主席的著作,也读中国古书。我常常自问:"你是一个驮经的毛驴,不是吗?"这种问题很不容易回答。

五十三

"楚人失之,楚人得之。"这话就够好了。然而孔子曰:"去楚可也。"他反对以本国为本位,体现了他的大一统的天下观。老子曰:"去人可也。"他反对只考虑人类的眼前需要而忽视大自然。中国古人的思想境界,非后世人所能有。

五十四

士有宁死不食嗟来之食者。先秦之士其尊严如此。士有在朝之士,有在野之士,有义士,有高士,更有狂狷之士,然而其尊严如一。

五十五

批孔家们说,先秦诸子都是给人主献策的。不过,也可以换一个说法:都是给人主出的难题。秦始皇知道自己交不出答卷,就来了个焚书坑儒。后世的帝王,哪个是够及格的?帝王们的退化最为明显,真是黄鼠狼下耗子——一代不如一代。

五十六

韩非子说:"当今争于力气。"先秦的所有语言中,数这句话最恶劣了。这句话成了后世流氓文化的宗旨,成了帝国主义的理论。

五十七

有一个人离家远走去寻访真佛。后来菩萨在梦里告诉他:

"反穿皮袄倒穿鞋的那人,就是真佛。"他寻访数年一无所获。一天晚上回到家中,听见儿子叩门,他父亲欢喜万分,匆忙之间反穿着皮袄倒穿着鞋来给儿子开门。儿子一见就跪下了,说道:"原来真佛在我家中。"20世纪一百年间,中国人学习西方,跑了一圈,累得要命,现在应该回家了。

五十八

"夷狄之有君,不如诸夏之亡(无)也。"这是因为有礼乐制度的存在。至少孔子认为,有了礼乐制度以及仁义道德等等,即使没有君(皇帝),天下也可以治理得很好。西周曾经有过"共和"之治。老子说,道法自然。

五十九

儒家有明堂议政、辟雍选贤的制度。墨子有选举(包括选举天子)的主张。自从有了皇帝,这一切都不需要了。皇帝只需要全体臣民对他个人的无限忠诚。些微的不忠,都是罪该万死,杀无赦。

六十

为了保持帝王的统治,恐怖是绝对必要的。制造并加强民众的恐惧心理,是保持帝王统治的必要氛围。"盗憎主人",统治者憎恶人民,贼道也。

六十一

秦始皇曾四次遭遇刺客,刘邦时时提防对他的暗杀活动。后世的帝王莫不如此。

六十二

长期的劣胜优汰,会使整个民族退化。此点谁都知道,难道帝王们反而不知道?但是,为了他们的私利,他们仍然不停地屠杀本民族的优秀分子。

六十三

有人说,秦始皇坑的不是儒生,而是方术之士。而《本纪》载:"始皇长子扶苏谏曰:'天下初定,远方黔首未集,诸生皆诵法孔子,今上皆重法绳之。臣恐天下不安,唯上察之。'始皇怒，使扶苏北监蒙恬军于上郡。""诵法孔子"的倒不是儒生？为了粉饰秦始皇，以致不顾一切，忠则忠矣，蠢不可言。

六十四

愚蠢、无知、厚颜无耻，是御用文人们的特质。他们在世的时候受到士林的嘲笑；他们死后，他们的子孙都羞于提起他们的姓名爵号。这一方面可以看出帝王文化的以势压人，另一方面也可以看出士文化的强大。

六十五

正是因为帝王文化的腐败、御用文人的愚蠢，真正的圣贤仁人和才学之士，虽然取卿如探囊取物，却不屑一顾。他们有吃有喝的则饮酒赋诗，没吃没喝的宁穷死不为五斗米折腰，要的是这点骨气。

六十六

秦始皇晚年好长生不老之术，自称"真人"而不称"朕"，并且令博士作《仙真人歌诗》，令宫女们不停地演唱。他像个道家，而道教史不提他；他像个神仙，而神仙传没有他。大概这些史传都是可恶的士们编的,士文化拼命同帝王文化对抗着。

六十七

"介子推不言禄,禄亦不及。"可见所谓禄,都是"言"来的,都是自己捞摸(或说争夺)来的。介子推说道:"下议其罪,上赏其奸。上下相蒙,难与处矣。"可谓一语道破天机。"其母曰:能如是乎?与汝偕隐。遂隐而死。"有其子,必有其母。"宗尧按:高洁之士鄙夷当世,此古今之通例也。左氏采而录之,述志士之高洁,即含鄙薄晋君臣之意。"(《左传微》第197页)士文化老早就和统治者分道扬镳了。

六十八

秦始皇坑儒生四百六十余人。当时的人口估计有五千万,其所坑者不到十万分之一。由此可见,杀一小批人,就足可以毁灭一个时代的文化,使整个时代差不多重返巫鬼时代。

六十九

打破一个旧的谜团,进入了一个新的谜团。问题依然在,还在谜团中。看上去历史就像一个顽皮的小猫,它追着自己的尾巴转圈儿,没完没了了。历史学家喊道:"它能咬住自己的尾巴吗?永远不可能吗?"

七十

秦朝的速亡,证明了"当今争于力气"的荒谬。迷信物质力量,则必然毁灭在精神面前。精神包括道德,包括仁政,包括社会良知以及儒家所谓的礼,等等。这就是"仁者无敌"的道理。

七十一

大一统的天下观老早就有,"谁能一之?"一就是统一天下。孟子曰:"不嗜杀人者能一之。"孟子的话再简单不过了。真理都是简单明了的,但是,掌握它,实践它,却很难。

七十二

秦朝把人民当成畜群来管理。专门训练一批如狼似虎的官吏,替皇帝管理畜群。典型的"以狼牧羊",不亡何待。

七十三

"言者无罪"的实例在春秋战国时期比较多。不过,国王一瞪眼喊道:"其有说乎?有说则活,无说则死!"看来就在古代,说话也是很危险的。

七十四

不说话,装傻,也是高招。"宁武子邦有道则智,邦无道则愚。子曰:其智可及,其愚不可及也。"看来装傻很难学。

七十五

不说话也不行。后世有所谓"腹诽""怨望"等罪,动辄就是"诏狱""廷杖"……中国古代史热闹得很,可惜历史学家们只会讲道理不会讲故事,最终连他们的道理也变得不可思议。

七十六

"君视臣如土芥,则臣视君如寇仇。"孟子之言论激烈之极。可见先秦言论较为自由,后世士人望尘莫及。

七十七

有人说:"不下跪,要膝盖何用?"这可以算作20世纪中国的名言。如果编一小本《二十世纪中国名言录》,名言之下略述背景以及言者之身份,想来一定颇为有趣。

七十八

音乐最容易传达真实感情,使人与人之间的感情沟通、融洽。音乐的感染力是无穷的。所谓"亡国之音",不是指哀伤的凄婉的如"黍离"之思一类,而是指没有真实感情的矫揉造作的没有信念的假装的欢乐,虚假的歌功颂德的音乐。

七十九

秦朝人发明了弩,想不到转眼之间秦朝就在弩下灭亡了。所以慷慨激昂的孟子能说:"善战者服上刑。"孟子的话过于激烈,以致后人觉得不好理解,其实有什么难理解的。

八十

春秋官吏,孔子目为"斗筲";战国官吏,孟子称之"妾妇"。后世的为人上者，摆来摆去，装模作样，还用问吗？士即在这种认识中觉醒起来。

八十一

一方面是招贤纳士，来了就当奴隶对待之；另一方面对不接受招纳的士便极力表示看不起："这些穷酸！"进而就怀恨在心，"何为至今而不杀？"这就是战国时期反动统治者对士的态度。呜呼！焚坑之事，其来有渐矣。

八十二

历史在黑暗中前进着。无知的小民需要有个神仙来指路，得势的小人便假装神仙，指出一条坦途。结果来到悬崖，造成巨大的民族牺牲。秦始皇自称"神仙"，指引秦国滚下了悬崖。秦之亡，比六国更为惨烈。

八十三

条条大路通北京。有人问去北京的路，正在田里劳动的一位老人说："你要去北京吗？"说："是。""那好吧，跟我走。"那问路的人便跟老人走，回到村，进了老人的家。进了屋，老人上了炕，打开后窗，说道："你要上北京，就从这儿走。我儿子就是从这儿跳窗跑的。后来打信回来，说在北京。"无论你怎么说，这老人是诚实的。但是，光诚实有什么用呢？他只是耽误了行路人的时间。历史一耽误就是几百年。

八十四

"天下有道圣人成焉，天下无道圣人生焉。"成即成就一番事业，生即生长出来。如此说来，天下有道还是无道，对圣人来说，没有关系。天下无道并不可怕，适足以造就圣人。

八十五

秦始皇废除了战国已有的教育制度。"欲学法律，以吏为师。"燔诗书，禁私学，"偶语诗书者弃市，以古非今者族"。战国讲学之风，至此一扫而光。现代有"十年浩劫"，一切文教全部停止……愚民政策从商鞅时候就开始了，至秦始皇则登峰造极。欲巩固专制独裁，就必须使老百姓愚昧无知。孔子则不然，他主张"富之""教之"。今天的历史学家们不大喜欢谈论这些，有悖时尚。

八十六

统治之有无,取决于历史条件。同样是统治,高能者采取智民政策,低能者采取愚民政策。孔子主张智民,商鞅主张愚民。青海山上有一滴水,摔了两半,一半进了长江,一半进了黄河,岂不可叹。

八十七

因为无能和缺德而被淘汰的士人,组成了古代社会中的流氓无产者。他们为了生存,什么事都敢干,不择手段,心毒手黑。他们的特点是,把天下事看得非常容易。无论文,无论武,小至诗词歌赋作文,大至统帅大军作战,他们一概视同儿戏,一干就砸锅。最后无可奈何,他们还有看家本领——讨饭。亡国破家者,都是因为信任了他们。

八十八

简单头脑往往抗拒事物的复杂性,从而抗拒一切事物的客观规律性。所以流氓文化把天下事看得非常容易,一切都由帝王主观臆断。"皇上金口玉言,皇上要太阳从西边出来,太阳就得从西边出来。"帝王的头脑日益简单化,帝王文化也日趋庸俗化。秦朝是这样亡国的,后世王朝无一不是由此而亡。

八十九

物极必反。秦始皇炫耀他的"宗庙之灵",达到极致,结果,陈胜振臂一呼,天下响应,秦朝土崩瓦解。陈胜者,虻隶也,迁奴也,何宗庙之有?最后刘邦做了皇帝,奉天承运,谁也没得说。刘邦者,布衣也,草民也,何宗庙之有?你的炫耀足以促成别人的鄙视。

九十

巨大的社会动荡,复杂的历史事件,究其原因,都是由具体的仇恨造成的。而所有的仇恨,可以一概而论,都是由社会的不公正造成的。正因为如此,消除社会的不公正现象,才是真正的政治。法家的"以刑去刑",只是镇压再镇压,直到无人敢于反抗为止。这是制造不公,加深不公。孔子说:"必也无讼乎!"就是从根本上消除社会的不公正。

九十一

帝王文化依靠权势,好话说尽,坏事做绝。就其本质来说,帝王文化是罪恶文化。如果只根据他们的议论做出推断,那就大错特错了。他们的权力是从国人那里盗窃来的,所以他们憎恨国人,害怕国人,做事总是鬼鬼祟祟,偷偷摸摸。这就是盗憎主人。帝王思想就是霸道思想。霸道者,贼道也。

九十二

历史学家不必为镇压寻找借口,不必为巩固帝王宝座操心,不必创造什么历史规律或发现什么历史的必然,也不必编写许多没完没了的空话……历史学家应该做的只有一件事:清算帝王们的罪恶,把社会公正还给历史。

九十三

一切知识来源于历史,一切智慧来源于历史,一切美德来源于历史,一切教化来源于历史。正是在这种意义上说:"六经皆史。"

九十四

"夫礼者,自鄙而尊人,虽负贩亦有尊也,而况富贵乎。"(《礼记·曲礼》)可见个人的尊严是礼的根本,其根本是私有财产……"五亩之宅"的古老传统。个人的尊严、个人的自由、个人的安全及其保障,是社会稳定的基础。抛开个人,抛开自我,就没有一切。所以说:"六经注我。"六经都是注解自我尊严的。

九十五

有了暴君,也就有了暴政;有了暴政,也就有了暴民。他们是连带着产生的。如果要问,暴君是怎么产生的?这就需要问大臣们了。大臣们需要暴君时,他们就把暴君培植起来;如果他们不需要他了,他们就把他废掉了。是比干需要纣王,不是纣王需要比干。至少在酒池肉林之后,比干等完全有理由,并且有责任"易位"。虽然纣王杀了比干,孔子却说:"比干不通。"这点账历史学家们总也算不清。这怨谁?

九十六

大臣们为什么需要暴君?是他们疯了吗?是他们需要有人杀他们的头吗?没有公理的时候就需要强权;社会涣散的时候,就需要有一个强有力的独裁者。这两种情况,历史上经常发生,这没有什么奇怪的。需要上帝的时候,人类就创造了上帝;需要神的时候,人类就创造了神。人类创造了上帝,然后再大力宣传:上帝创造了人类。意识形态永远是颠倒的,它一直颠倒了两千年。

九十七

《左传·昭公三十二年》:"社稷无常奉,君臣无常位。"批孔家们特别喜欢引用这两句话。回想 1974—1976 年间报纸杂志上的那些大块文章吧。然而这两句话是什么意思,批孔家们却避而不谈。这才是真正的中国的传统文化,传统思想,而批孔家们却假装不知道。

九十八

凡是说出来的,写出来的,都是从前人们说过的话。想说点新鲜话,那是难上加难,简直不可能。

1997 年 8 月修订于东花园宿舍